Diogenes Taschenbuch 21901

de
te
be

Margery Allingham

Der Fall Pig

Roman

Aus dem Englischen von Karin Polz

Diogenes

Titel der Originalausgabe:
›The Case of the Late Pig‹

Umschlagzeichnung von
Hans Traxler

Für Mr. Malcolm Johnson
von Mr. Albert Campion

Deutsche Erstausgabe

150/91/43/1
ISBN 3 257 21901 6

Inhalt

I

Die Einladungen zur Beerdigung waren nicht offiziell

Die Hauptsache bei autobiographischen Aufzeichnungen ist es, so habe ich immer gedacht, die Geschichte nicht durch unangebrachte Bescheidenheit zu verderben. Dies ist meine, Albert Campions, Geschichte, und ich bin mir ziemlich sicher, daß ich in ihr eine nahezu brillante Rolle gespielt habe, obwohl ich so nahe dran war, mich selbst und den alten Lugg umbringen zu lassen, daß ich jedesmal ein Harfenquintett höre, wenn ich darüber nachdenke.

Es fängt damit an, daß ich im Bett frühstücke.

Lord Pownes Kammerdiener hat Unterricht in Vortragskunst genommen, und seitdem liest er seiner Lordschaft die *Times* vor, während seine Lordschaft das wenig anziehende Milch-mit-Nüssen-Frühstück zu sich nimmt.

Lugg, der trotz großartiger Fähigkeiten etwas von einem Trampel an sich hat, lernte den Kammerdiener seiner Lordschaft im ›Mayfair Mews Pub‹ kennen, wo in erster Linie Kammerdiener von Gentlemen verkehren, und er sah sich sofort zur Nachahmung veranlaßt. Lugg hat niemals Unterricht in Vortragskunst genommen, zumindest nicht, seit er während der Regierung Eduards VII. das Gefängnis Borstal verließ. Als er in meine Dienste trat, war er auf Bewährung entlassen und hatte ein ellenlanges Register von Fällen falsch angebrachter Tapferkeit und Erfindungsgabe. Jetzt liest er mir die *Times* vor, wenn ich esse, ob es mir paßt oder nicht.

Da literarische Artikel nicht sein Fall sind, liest er mir die einzigen Spalten dieser Zeitung vor, die Anklang bei ihm finden. Er liest mir die Todesanzeigen vor.

»Peters . . .«, las er und schob seinen massigen, hemdsärmeligen Oberkörper zwischen mich und das Licht. »Kennen Sie jemanden, der Peters heißt, Kumpel?«

Ich las gerade einen Brief, der mich besonders interessierte, weil er sowohl blumenreich als auch nicht unterschrieben war, und hörte nicht auf Lugg, so daß er schließlich leicht verärgert die Zeitung beiseite legte.

»Können Sie denn nich antworten?« sagte er anklagend. »Was für'n Zweck hat es, wenn ich versuch, 'n bißchen Stil in dies Haus zu bringen, wenn Sie mich nich unterstützen? Mr. Turke sagt, seine Lordschaft hört ihm äußerst aufmerksam zu. Der Lord kaut alles, was er ißt, vierzigmal, bevor er's runterschluckt, und er intressiert sich für alles, was ihm vorgelesen wird.«

»Das kann ich mir vorstellen«, sagte ich geistesabwesend. Der Brief faszinierte mich. Er war mit dem üblichen anonymen Schmutz nicht zu vergleichen.

»Peters – R. I. Peters, 37 Jahre alt, verstorben am Donnerstag, dem 9., in Tethering, nach kurzer Krankheit. Beerdigung auf dem Friedhof von Tethering am Sonnabend um 14.30 Uhr. Keine Blumen. Es werden keine persönlichen Einladungen verschickt.«

Lugg liest schrecklich und sehr wirkungsvoll vor.

Der Name fiel mir auf.

»Peters?« sagte ich interessiert und sah von dem Brief auf. »R. I. Peters ... Pig Peters. Steht der da drin?«

»Oh, großer Gott!« Lugg warf die Zeitung angewidert von sich. »Sie sind 'n Spießbürger, das sind Sie, 'n verdammter Spießer. Nach 'ner verteufelt kurzen Krankheit, sag ich doch die ganze Zeit. Bekannter von Ihn'n?«

»Nein«, sagte ich vorsichtig. »Eigentlich nicht. Nicht mehr.«

Luggs großes weißes Vollmondgesicht nahm einen derben Ausdruck an. »Verstehe, Bert«, sagte er selbstgefällig und ließ seine Kinne in seinem kragenlosen Hemd verschwinden. »Nicht ganz unsere Klasse.«

Obwohl mir klar ist, daß er sich nicht mehr ändern wird, gibt es Dinge, die ich nicht durchgehen lassen kann.

»Das ist es keineswegs«, sagte ich mit Würde. »Und nennen Sie mich nicht ›Bert‹.«

»Geht in Ordnung.« Er war großmütig. »Da Sie mich drum bitten, Kumpel, werd ich's nich mehr tun. Mr. Albert Campion für jedermann, Mr. Albert für mich. Was is mit diesem Kerl Peters, über den wir grad sprachen?«

»Wir waren als Jungs in einer Schule«, sagte ich. »Süße, flaumige, blauäugige kleine Burschen in Botolph's Abbey. Pig Peters säbelte mit einem rostigen Taschenmesser drei Quadratzoll Haut von meiner Brust ab, um zu zeigen, daß ich sein mit einem Brandmal gezeichneter Sklave sei. Ich heulte, bis mir schlecht wurde, und dann trat ich ihm in den Bauch, woraufhin er mich über eine nicht angezündete Gasdüse hielt, bis ich das Bewußtsein verlor.«

Lugg war schockiert.

»So was gab's in meinem College nich«, sagte er tugendhaft.

»Das ist der Nachteil staatlicher Aufsicht«, sagte ich vorsichtig; ich wollte nicht unfreundlich erscheinen. »Ich habe Peters nicht mehr gesehen seit dem Tag, als ich mit CO-Vergiftung aufs Krankenzimmer gebracht wurde, aber ich habe ihm damals versprochen, daß ich bei seiner Beerdigung dabeisein würde.«

Lugg war sofort interessiert.

»Ich leg Ihren schwarzen Anzug raus«, sagte er zuvorkommend. »Ich mag Beerdigungen – wenn's jemand is, den man kennt.«

Ich hörte ihm nicht richtig zu. Ich hatte mich wieder dem Brief zugewandt.

Warum mußte er sterben? Er war so jung. Es gibt Tausende, denen die Reise besser anstünde als ihm. »Peters, Peters«, sagte der Engel. »Peters, Pietro, Piero, komm«, sagte der

Engel. Warum? Warum sollte er ihm folgen? Er, der so stark war, so unvorbereitet, warum mußte er sterben? Die Wurzeln sind rot in der Erde, und das Jahrhundert schleicht voran. Warum sollte Mole, der kleine Maulwurf, sich rückwärts bewegen? – es ist noch nicht elf.

Er war maschinengeschrieben, auf gewöhnlichem dünnem Papier im Quartformat, wie diese Dinger es immer sind, aber er hatte keine Rechtschreibungsfehler, und die Zeichensetzung war peinlich genau, was nach meiner Erfahrung ungewöhnlich ist. Ich zeigte Lugg den Brief.

Er las ihn mühsam durch und sprach sein Urteil mit gewinnender Entschiedenheit.

»Stammt aus'm Gebetbuch der anglikanischen Kirche«, sagte er. »Ich weiß noch, daß ich's gelernt hab, als ich 'n Dreikäsehoch war.«

»Seien Sie kein Esel«, sagte ich milde, aber er lief rot an, und seine kleinen schwarzen Augen starrten in mich hinein.

»Nennen Sie mich einen Lügner«, sagte er aufsässig. »Nur zu, nennen Sie mich einen Lügner, und dann werden Sie was von mir hören.«

Ich kenne diese Stimmungen bei ihm, und ich wußte aus Erfahrung, daß es unmöglich war, ihn bei einer Theorie dieser Art ins Wanken zu bringen.

»Gut«, sagte ich. »Was bedeutet es?«

»Nichts«, sagte er ebenso überzeugt.

Ich versuchte es anders.

»Was für eine Maschine ist das?«

Er war sofort hilfsbereit.

»Eine portable *Royal*, neu oder fast neu, keine nennenswerten Besonderheiten. Sogar das E is so frisch wie das Stück Schellfisch, was Sie übriggelassen hab'n. Papier is das übliche Schreibpapier – wird überall massenweise verkauft. Woll'n uns mal den Umschlag ansehen. London WC1«, fuhr er nach einer Pause fort. »In der alten City abgestempelt. Völlig klar, oder? Die Adresse is aus 'm Telephonbuch. Schmeißen Sie's in den Kamin.«

Ich hatte den Brief noch immer in der Hand. In Verbindung mit der Anzeige in der *Times* war er, so schien es mir, in mancherlei Hinsicht interessant. Lugg rümpfte die Nase.

»Burschen wie Sie, über die immer geredet wird, müssen sich nich wundern, wenn sie anonyme Briefe kriegen«, stellte er fest und gestattete es sich, Kritik durchklingen zu lassen. »Als Sie noch 'n reiner Amateur war'n, hatten Sie noch 'ne Art Privatleben, aber jetzt laufen Sie ständig mit den Detektiven rum und stecken die Nase in jedes bißchen Blut weit und breit, und man redet über Sie. Wenn Sie so weitermachen wie bisher, werden noch Frauen auf der Haustreppe sitzen und drauf warten, daß Sie Ihren Namen auf Kissenbezüge schreiben, damit sie ihn sticken können. Warum können Sie sich nich 'n paar ruhige Zimmer in 'ner guten Gegend nehmen und Poker spielen, bis Ihr Verwandter, der den Titel hat, stirbt? Das isses, was ein Gentleman tun würde.«

»Wenn Sie eine Frau wären und kochen könnten, würde ich Sie heiraten«, sagte ich. »Sie nörgeln wie eine Ehefrau auf der Bühne.«

Das brachte ihn zum Schweigen. Er stand auf und watschelte aus dem Zimmer, die Verkörperung würdevoller Entrüstung.

Nachdem ich gefrühstückt hatte, las ich den Brief noch einmal durch, und er klang noch genauso wirr. Dann las ich die Anzeige in der *Times*.

R. I. Peters... Es war tatsächlich Pig. Das Alter paßte genau. Ich erinnerte mich, daß er uns Fußtritte gab, um uns zu überreden, ihn »Rip« zu nennen. Wir, das waren damals Guffy Randall und ich und Lofty und zwei oder drei andere. Ich war ein adretter kleiner Dreikäsehoch mit glattem weißblondem Haar und einer Brille. Guffy war ein harter Bursche für sein Alter, nämlich zehneinviertel, und Lofty, der sich jetzt seinem Sitz im Oberhaus mit einer leidenschaftlichen Entschlossenheit widmet, die eher lobenswert als erforderlich ist, war eine Kreuzung zwischen einem kleinen Tapir und einem ganz normalen Mastferkel.

Pig Peters war damals eines der Hauptübel in unserem Leben, gleichrangig mit Ungerechtigkeit, dem Teufel und lateinischer Prosa. Als Pig Peters meine Sammlung von Blattgerippen im Arbeitszimmer der Unterstufe im Kaminfeuer verbrannte, wünschte ich ihm ernstlich den Tod, und als ich an jenem Morgen beim Frühstück daran dachte, stellte ich leicht überrascht fest, daß ich es immer noch tat.

Und laut der *Times* war er offensichtlich tot, und diese Tatsache munterte mich auf. Mit zwölf war er dick, rothaarig und abstoßend gewesen, mit sandfarbenen Wimpern, und ich hatte keinerlei Zweifel, daß er mit siebenunddreißig ebenso ausgesehen hatte.

Inzwischen ertönte im anderen Zimmer das Geräusch von schwerem Atmen, und Lugg steckte den Kopf zur Tür herein.

»Kumpel«, sagte er im Ton zögernder Freundlichkeit, der zeigte, daß alles vergeben war, »ich hab mal kurz auf die Karte geschaut. Wissen Sie, wo Tethering is? Zwei Meilen westlich von Kepesake. Fahren wir runter?«

Vermutlich gab das für mich den Ausschlag. In Highwaters, in der Gemeinde Kepesake, lebt Colonel Sir Leo Pursuivant, Polizeipräsident der Grafschaft und ein ungewöhnlich netter alter Knabe. Er hat eine Tochter, Janet Pursuivant, die ich trotz allem immer noch gerne mag.

»Also gut«, sagte ich. »Auf dem Rückweg werden wir kurz in Highwaters reinschauen.«

Lugg war einverstanden. Als er das letzte Mal dort war, hatten sie ein hübsches Stück Selbstgeräuchertes, sagte er.

Wir machten uns in vornehmer Aufmachung auf den Weg. Lugg trug seine flachste Melone, mit der er aussieht wie ein als Polizist in Zivil verkleideter Schläger, und ich selbst machte einen bemerkenswert gepflegten Eindruck.

Tethering war nicht gerade einladend. Wenn Sie sich drei Quadratmeilen weidenbestandenes Sumpfland rund um einen gepflügten Hügel vorstellen, auf dem fünf Cottages, ein größeres Haus und eine sehr alte Kirche einander auf die Zehen treten, um dem ungewissen Lauf eines Flusses auszuweichen, dann haben Sie ein ziemlich genaues Bild von Tethering vor Augen.

Der Friedhof ist überwuchert und jämmerlich, und jetzt, im späten Winter, bildete er eine aufgeweichte Masse von abgestorbenem Kerbel. Es fiel einem schwer, kein Mitleid mit Pig zu haben. Er hatte immer großartige Ideen, erinnere ich mich, aber es war nichts Großartiges an seiner Trauerfeier.

Wir trafen spät ein – es sind achtzig Meilen von London –, und ich kam mir etwas flegelhaft vor, als ich das vermodernde Friedhofstor aufstieß und, mit Lugg hinter mir, über den verwilderten Rasen auf die kleine Gruppe am Grab zustolperte.

Der Pfarrer war alt, und ich vermutete, daß er mit dem Fahrrad gekommen war, das ich vor dem Tor gesehen hatte, denn der Saum seines Talars war schlammbeschmiert. Der Küster trug Kordhosen, die Sargträger hatten Latzhosen an.

Die anderen Mitglieder der kleinen Gruppe nahm ich erst später wahr. Eine Beerdigung ist schon unter den Marmorengeln und zerbrochenen Säulen der Zivilisation eine eindrucksvolle Angelegenheit. Hier, in der regendurchtränkten Stille eines abgelegenen, vergessenen Berghangs, war sie trostlos und traurig zugleich.

Während wir dort im leichten Regen standen, vergaß ich den Brief, den ich am Morgen erhalten hatte. Peters war ein gewöhnlicher, wenig liebenswerter Bursche gewesen, nahm ich an, und wurde auf eine gewöhnliche, lieblose Weise begraben. Es war wirklich nichts Merkwürdiges daran.

Doch als der Pfarrer die letzten Worte des Gottesdienstes sprach, geschah etwas Seltsames. Es erschreckte mich so, daß ich zurücktrat und beinahe Lugg umgestoßen hätte.

Auch schon im Alter von zwölfeinhalb hatte Pig mehrere abstoßende Angewohnheiten gehabt, und eine davon war seine besonders scheußliche Art, sich zu räuspern. Es war ein rauhes, kratzendes Geräusch in der Kehle, gefolgt von einem gedämpften Keuchen und einem Schnaufen. Ich kann es nicht deutlicher beschreiben, aber es war ein unverwechselbares Geräusch und eines, das ich noch nie von jemand anderem gehört hatte. Ich hatte es völlig vergessen, aber als wir uns abwandten von dem klaffenden Grab, in das der Sarg hinuntergelassen worden war, hörte ich es deutlich, zum erstenmal nach etwa zwanzig Jahren. Ich sah Pig wieder vor mir, so lebendig, daß es entnervend war, und mir lief eine Gänsehaut über den Rücken, während ich mich in dem kleinen Kreis umsah. Abgesehen von den Sargträgern, dem Pfarrer, dem Küster, Lugg und mir waren nur vier Leute anwesend, und sie sahen alle völlig unschuldig aus.

Links von mir stand ein nett und solide aussehender Mann, und hinter ihm eine ziemlich auffällig in Schwarz gekleidete junge Frau. Sie wirkte eher schmollend als traurig und schien allein zu sein. Sie fing meinen Blick auf und lächelte mich an, und ich schaute an ihr vorbei auf den alten Mann mit dem Zylinder, dessen konventioneller Ausdruck von Kummer so unangenehm war, weil er so wenig überzeugte. Ich weiß nicht, ob mich schon je zuvor einmal eine solche Abneigung gegen einen Menschen gepackt hat. Er trug einen kleinen grauen gelockten Schnurrbart, der im Regen glitzerte.

Meine Aufmerksamkeit wendete sich fast sofort von ihm ab, als ich entdeckte, daß der vierte Besucher Gilbert Whippet war. Er stand seit zehn Minuten neben mir, und ich hatte ihn nicht gesehen, was typisch für ihn war.

Whippet gehörte in Botolph's Abbey zu denen, die jünger waren als ich, und später besuchte er dieselbe Schule wie ich. Ich hatte ihn seit zwölf oder vierzehn Jahren nicht gesehen, aber abgesehen von der Tatsache, daß er natürlich älter geworden war, hatte er sich nicht verändert.

Whippet zu beschreiben ist etwa so leicht, wie Wasser oder ein Geräusch in der Nacht zu beschreiben. Unbestimmtheit ist weniger ein Merkmal von ihm, sie ist vielmehr sein ganzes Wesen. Ich weiß nicht, wie er aussieht, außer, daß er vermutlich ein Gesicht hat, denn hätte er keines, wäre es mir sicher aufgefallen. Er trug einen graubraunen Mantel, dessen Farbe in der des abgestorbenen Kerbels unterging, und er sah mich mit jener Geistesabwesenheit an, die doch Erkennen bedeutet.

»Whippet!« sagte ich. »Was machst du denn hier?«

Er antwortete nicht, und unwillkürlich hob ich die Hand, um ihm einen leichten Schlag zu versetzen. Er hatte nie geantwortet, bevor er einen Schlag bekam, und die Macht der Gewohnheit packte mich. Glücklicherweise hielt ich mich rechtzeitig zurück, indem ich mir klarmachte, daß die Jahre, die seit unserer letzten Begegnung vergangen waren, ihm vermutlich die Rechte eines mündigen Bürgers gebracht hatten. Dennoch war ich unsinnigerweise ärgerlich über ihn und fragte mit scharfer Stimme:

»Whippet, warum bist du zu Pigs Beerdigung gekommen?«

Er blinzelte mich an, und ich nahm zur Kenntnis, daß er runde blaßgraue Augen hatte.

»Ich... hm... ich bin eingeladen worden, glaube ich«, sagte er mit der heiseren, schüchternen Stimme, an die ich mich so gut erinnerte und die den Eindruck vermittelte, daß er sich seiner Worte keineswegs sicher war. »Ich... ich... habe eine Einladung bekommen, heute... heute morgen, verstehst du...«

Er fischte in seiner Manteltasche herum und brachte ein Blatt Papier zum Vorschein. Bevor ich es las, wußte ich, was es war. Der Bruder des Blattes befand sich in meiner Tasche.

»Merkwürdig«, sagte Whippet, »das mit dem Maulwurf. Formlose Einladung. Ich... na ja... ich bin hergekommen.«

Er verstummte, wie ich es erwartet hatte, und wanderte

davon, nicht unhöflich, aber gleichgültig, als gäbe es nichts, was ihn noch halten könnte. Sein Blatt Papier hatte er mir, davon war ich überzeugt, irrtümlich überlassen.

Ich verließ den Friedhof am Ende des weit auseinandergezogenen Leichenzuges. Als wir auf den Feldweg hinaustraten, sah mich der nett und solide aussehende Mann, der mir aufgefallen war, mit fragendem Blick an, und ich ging zu ihm hinüber. Was ich ihn fragen wollte, war nicht leicht zu formulieren, und ich suchte noch nach einer einigermaßen harmlosen Ausdrucksweise, als er mir zur Hilfe kam.

»Traurige Geschichte«, sagte er. »Noch ziemlich jung. Kannten Sie ihn gut?«

»Ich weiß nicht«, sagte ich und kam mir wie ein Idiot vor, während er mich augenblinzelnd ansah.

Er war groß, etwa eben über vierzig, mit einem eckigen kompetenten Gesicht.

»Ich meine«, sagte ich, »ich war mit einem R. I. Peters auf der Schule, und als ich heute morgen die *Times* las, wurde mir klar, daß ich heute ohnehin in diese Gegend wollte, und ich dachte, ich schaue mal rein.«

Er lächelte mich immer noch freundlich an, als ob er an meinem Geisteszustand zweifle, und ich quälte mich weiter.

»Als ich hier ankam, hatte ich das Gefühl, ich sei nicht auf der richtigen ... ich meine, ich hatte das Gefühl, es müsse ein anderer Peters sein«, sagte ich.

»Er war ein großer, kräftig gebauter Mann«, erklärte er nachdenklich. »Tiefliegende Augen, zu dick, helle Wimpern, siebenunddreißig Jahre, besuchte eine Vorschule in Sheepsgate und anschließend Totham.«

Ich war schockiert. »Ja«, sagte ich. »Das ist der Mann, den ich meine.«

Er nickte düster. »Eine traurige Geschichte«, wiederholte er. »Er kam nach einer Blinddarmoperation zu mir. Hätte gar nicht operiert werden dürfen; hatte ein schwaches Herz. Holte sich eine Lungenentzündung auf dem Weg hierher, und ...« er zuckte mit den Schultern, »ich konnte ihn nicht mehr retten, armer Kerl. Keiner von seiner Familie hier.«

Ich schwieg. Es gab nicht viel zu sagen.

»Das dort drüben gehört mir«, sagte er plötzlich und wies mit dem Kopf auf das einzige große Haus. »Ich nehme gelegentlich Rekonvaleszenten auf. Hatte noch nie einen Todesfall. Ich habe hier eine Praxis.«

Man konnte mit ihm fühlen, und ich tat es. Ich war nahe dran, ihn zu fragen, ob er sich mit Peters finanziellen Ärger eingehandelt habe. Er hatte nichts Derartiges angedeutet, doch ich vermutete, daß er an so etwas dachte. Aber ich nahm Abstand davon; ich sah keinen Sinn in einer solchen Frage.

Wir wechselten noch ein paar belanglose Worte, wie es bei solchen Anlässen üblich ist, und dann fuhr ich nach London zurück. Ich schaute doch nicht in Highwaters vorbei, sehr zu Luggs Empörung. Nicht weil ich Leo oder Janet nicht sehen wollte, aber unerklärlicherweise hatten Pigs Beerdigung und die Feststellung, daß es wirklich Pig war, mich aus der Fassung gebracht. Es war eine trübsinnige Feier gewesen, die eine Art Echo in meinen Ohren zurückgelassen hatte.

Die beiden Briefe waren völlig übereinstimmend. Ich verglich sie, als ich nach Hause kam. Vermutlich hatte Whippet ebenso wie ich die *Times* gelesen. Dennoch war es sonderbar, daß er daraus seine Schlüsse gezogen haben sollte. Und da war das ungewöhnliche Räuspern gewesen, der abstoßende alte Bursche mit dem Zylinder, von dem listig aussehenden Mädchen ganz zu schweigen.

Das Schlimmste an dem Vorfall war, daß er mich an Pig erinnert hatte. Ich kramte ein paar alte Aufnahmen vom Fußballteam heraus und sah ihn mir genau an. Er hatte ein ausgeprägtes Gesicht. Selbst damals konnte man schon erkennen, wie er später aussehen würde.

Ich versuchte, ihn aus meinen Gedanken zu verbannen. Es gab schließlich nichts, worüber ich mich aufregen könnte. Er war tot. Ich würde ihn nicht wiedersehen.

All dies geschah im Januar. Bis zum Juni hatte ich den Burschen vergessen. Ich war gerade von einem längeren Gespräch mit Stanislaus Oates vom Yard nach Hause gekommen, bei dem wir uns gegenseitig zum Beweismaterial für die Schießerei in Kingford gratuliert hatten, das zu einem exquisiten Blumenstrauß für den Richter erblüht war, als Janet mich anrief.

Ich hatte sie noch nie hysterisch gesehen, und es überraschte mich ein wenig, sie am Telephon zwitschern zu hören wie ein Nest voller Spatzen.

»Es ist einfach ekelhaft«, sagte sie. »Leo sagt, du sollst sofort kommen. Nein, mein Lieber, ich will es am Telephon nicht sagen, aber Leo befürchtet, daß es ... Hör zu, Albert, daß es M für Mutter, O für Ochse, R für Rabe, D für ...«

»Ich verstehe«, sagte ich. »Ich komme.«

Leo stand auf der Treppe von Highwaters, als Lugg und ich vorfuhren. Die hohen weißen Säulen des Hauses, gebaut von einem Architekten, der das Britische Museum gesehen und nie vergessen hatte, ragten hinter ihm empor. Er sah großartig aus in seinem alten Jagdanzug und mit dem grünen blumentopfartigen Tweed-Hut – ein prächtiges Modell für jedes Fotoalbum.

Er kam mit festen Schritten die Stufen herunter und ergriff meine Hand.

»Mein lieber Junge«, sagte er, »nicht ein Wort ... nicht ein Wort.« Er stieg neben mir ein und winkte mit der Hand in Richtung Dorf. »Polizeirevier«, sagte er. »Zuerst zum Polizeirevier.«

Ich kenne Leo seit geraumer Zeit und weiß, daß die Zielstrebigkeit, die das Hauptmerkmal seines liebenswerten Wesens ist, sich höchstens durch etwa eine Schar verrückter Mullahs erschüttern ließe. Leo hatte immer nur ein Ziel vor Augen, ein einziges. Er hatte sein Vorgehen geplant, seit er wußte, daß ich auf dem Weg zu ihm war, und da ich Teil dieses Vorgehens war, konnte ich nichts Besseres tun, als mich zu fügen.

Er machte den Mund nur auf, um Anweisungen über die Richtung zu geben, bis wir zusammen vor dem Schuppen hinter dem Polizeirevier standen. Dann schickte er die aufgeregten diensthabenden Polizisten weg, machte eine Pause und packte mich energisch am Jackenaufschlag.

»Und jetzt, mein Junge«, sagte er, »möchte ich Ihre Meinung hören, weil ich Vertrauen zu Ihnen habe. Ich habe Sie nicht beeinflußt, ich habe Ihnen nicht die kleinste Kleinigkeit von den Umständen erzählt, ich habe in keiner Weise auf Sie eingewirkt, oder?«

»Nein, Sir«, sagte ich wahrheitsgemäß.

Er schien befriedigt, dachte ich, weil er brummte.

»Gut«, sagte er. »Jetzt kommen Sie mit hier rein.«

Er führte mich in einen Raum, der mit Ausnahme einer auf Böcke gestellten Tischplatte leer war, und zog das Laken vom Gesicht des Wesens, das dort lag.

»Und jetzt«, sagte er triumphierend, »und jetzt, Campion, was halten Sie davon?«

Ich sagte gar nichts. Auf dem Tisch lag die Leiche von Pig Peters, Pig Peters so unverkennbar wie Leo selbst, und ich wußte, ohne seine schlaffe, dickliche Hand zu berühren, daß er nicht länger als höchstens zwölf Stunden tot sein konnte.

Aber das war im Januar … und jetzt war Juni.

2

Ein anständiger Mord

Verständlicherweise wirkte das Ganze wie ein Schock auf mich, und vermutlich starrte ich eine beträchtliche Zeit auf die Leiche, als sei es ein schöner Anblick.

Schließlich brummte Leo und räusperte sich.

»Natürlich tot«, sagte er, zweifellos, um meine Aufmerksamkeit wieder zu erwecken. »Armer Kerl. Aber ein abscheulicher Mensch. Sollte man vielleicht nicht von einem Toten sagen, aber so ist es nun mal. Was wahr ist, muß wahr bleiben.«

Leo redet wirklich so. Ich habe oft gedacht, daß es sich lohnen könnte, seine Ausdrucksweise wortwörtlich festzuhalten. Im Augenblick jedoch beschäftigte mich die Sache mehr als die Form, und ich fragte: »Sie kannten ihn also?«

Leo wurde rot um die Kinnbacken, und sein weißer Schnurrbart stellte sich auf.

»Ich bin dem Kerl begegnet«, murmelte er und gab zu erkennen, daß er das für ein peinliches Eingeständnis hielt. »Hatte erst gestern abend ein äußerst unangenehmes Gespräch mit ihm, kann ich Ihnen sagen. Außerordentlich lästig unter den Umständen. Na ja, läßt sich nicht ändern. So ist es nun mal.«

Da sich die Geschichte schon jetzt bemerkenswert geheimnisvoll anhörte, sah ich keinen Sinn darin, Leo in diesem Augenblick durch meinen kleinen Beitrag übermäßig zu belasten.

»Wie nannte er sich?« erkundigte ich mich listig.

Leo hatte sehr strahlende blaue Augen, die, wie die vieler Soldaten, einen fast erstaunenswert unschuldigen Ausdruck zeigten.

»Sich für einen anderen ausgeben, eh?« sagte er. »Meiner Treu, das könnte sein! Nie daran gedacht. Unzuverlässiger Kunde.«

»Ich weiß überhaupt nichts«, sagte ich schnell. »Wie heißt er denn?«

»Harris«, sagte Leo unerwartet und voller Verachtung. »Oswald Harris. Mehr Geld, als ihm guttat, und die Manieren eines feindlichen Unteroffiziers. Kann es gar nicht nachdrücklich genug sagen. Schrecklicher Kerl.«

Ich schaute noch einmal auf den Toten. Natürlich war es Pig. Ich hätte ihn überall erkannt, und es erschien mir merkwürdig, daß der Junge wirklich so sehr der Vater des Mannes sein kann. Es ist eine sehr ernste Vorstellung, wenn man sich einige Kinder ansieht.

Jedenfalls lag dort Pig, und er war wieder tot, fünf Monate nach seiner Beerdigung, und Leo wurde ungeduldig.

»Die Wunde schon gesehen?« fragte er.

Er hat eine Begabung für das Offensichtliche. Das obere Ende des karottenroten Kopfes war eingeschlagen, ekelerregend, wie ein kaputter Fußball, und die Tatsache, daß die Haut praktisch unverletzt war, machte es irgendwie noch bedrückender. Es war ein so schrecklicher Bruch, daß man sich nicht vorstellen konnte, daß ein menschlicher Arm den Schlag ausgeführt hatte. Für mich sah es so aus, als habe ein Zugpferd ihn durch einen Filzhut hindurch getreten, und das sagte ich auch zu Leo.

Er war befriedigt.

»Verdammt nahe dran, mein Junge«, sagte er mit ermutigender Begeisterung. »Bemerkenswerte Sache. Gebe gern zu, daß ich von diesem Detektivgeschäft nichts verstehe, aber ersetzen Sie das Zugpferd durch eine Schale, und Sie liegen genau richtig. Erinnern Sie mich daran, das Janet zu erzählen.«

»Durch eine Schale?«

»Geranienschale, aus Stein«, erklärte er leichthin. »Große,

sogenannte dekorative Angelegenheit. Müssen Sie schon mal gesehen haben, Campion. Manchmal mit Heliotrop bepflanzt. Wahnsinn, sie auf die Brüstung zu stellen. Hab ich schon mehr als einmal gesagt.«

Nach und nach wurde mir die Sache klar. Offenbar war Pigs zweites Hinscheiden von einer steinernen Blumenschale verursacht worden, die von einer Brüstung auf ihn gefallen war. Diesmal schien es einigermaßen endgültig zu sein.

Ich sah Leo an. Wir verhielten uns beide sehr anständig und zurückhaltend, fand ich.

»Irgendein Hinweis auf ein Verbrechen, Sir?« fragte ich.

Er zog die Schultern hoch und wirkte plötzlich sehr verzagt.

»Fürchte ja, mein Junge«, sagte er schließlich. »Geht kein Weg dran vorbei. Schale war eine von mehreren entlang der ganzen Brüstung. Bin selbst oben gewesen, um sie mir anzusehen. Alle so fest wie der Fels von Gibraltar. Stehen seit Jahren dort. Harris' Schale konnte nicht von selbst über den Rand gehüpft sein, wissen Sie. Muß von ... hm ... menschlichen Händen hinuntergestoßen worden sein. Verdammt unangenehme Situation angesichts aller Umstände. Müssen der Sache ins Auge sehen.«

Ich deckte Pigs Leiche zu. In gewisser Weise tat er mir natürlich leid, aber er schien sich den frühen Hang, Ärger zu machen, bewahrt zu haben.

Leo seufzte. »Dachte, Sie müßten der gleichen Meinung sein wie ich«, sagte er.

Ich zögerte. Leo gehörte nicht zu den großen Lichtern dieser Welt, aber ich konnte nicht glauben, daß er mich von London hierher gerufen hatte, damit ich seinen Verdacht bestätigte, daß Pig an einem Schlag auf den Kopf gestorben war. Ich ging davon aus, daß noch mehr kommen würde – und das tat es natürlich auch –, jede Menge, wie sich herausstellte.

Leo bohrte mir seinen knochigen Zeigefinger in die Schulter.

»Würde mich gern mit Ihnen unterhalten, mein Junge«,

sagte er. »Über ein oder zwei private Angelegenheiten sprechen. Muß ja irgendwann mal mit der Sache rauskommen. Wir sollten hinunter zu ›Halt Knights‹ gehen und uns alles ansehen.«

Allmählich ging mir ein Licht auf.

»Wurde P... wurde Harris dort umgebracht?«

Leo nickte. »Arme Poppy! Nette kleine Frau, Campion. Nie zuvor der geringste Verdacht auf... hm... etwas dieser Art.«

»Das will ich doch hoffen«, sagte ich schockiert, und er runzelte die Stirn.

»In einigen dieser Country Clubs...« setzte er düster an.

»Nicht Mord«, sagte ich entschieden, und er verfiel wieder in Verzagtheit.

»Vielleicht haben Sie recht«, stimmte er zu. »Gehen wir hinunter. Schauen rein auf einen Drink vor dem Essen.«

Während wir zum Wagen gingen, dachte ich über die Sache nach. Um ›Halt Knights‹ zu verstehen, muß man Kepesake kennen, und Kepesake ist eine Art Paradies in der Grafschaft. Es ist ein großes Dorf, gerade weit genug entfernt von einer Stadt und einer Hauptstraße, um abgeschieden zu bleiben, ohne deswegen ein Theater machen zu müssen. Es hat eine normannische Kirche, einen öffentlichen Kricketplatz, auf dem Ulmen stehen, drei prachtvolle Pubs und Einwohner, die wirklich vom Land stammen und entsprechend unabhängige Ansichten haben. Es liegt in einem sanften Tal an den Ufern einer Flußmündung und wird beschützt von einem Ring bescheidener kleiner Landsitze, die alle netten alten Knaben gehören, wie Leo sagt. Der größte dieser Landsitze ist ›Halt Knights‹.

Vor einiger Zeit gehörte ›Knights‹ und das ganze Dorf einem Edelmann, dem es von einer Vorfahrin hinterlassen worden war. Sie hatte es, so läßt der Name – ›Ritter's Rast‹ – vermuten, von einem Verehrer geerbt, der sich zu den Kreuzzügen aufgemacht hatte. Sich verändernde Zeiten und Einkommen vertrieben den Edelmann und seine Erben; daher die kleineren Landsitze.

Das Haus und über neunhundert Morgen Weideland und Salzmarsch hingen den Besitzern wie ein Mühlstein um den Hals, bis Poppy Bellew sich von der Bühne zurückzog, es kaufte und aus dem Teil, der noch nicht eingefallen war, das beste Hotel und ländliche Pub im ganzen Königreich machte.

Von Natur aus ein expansiver Mensch mit unerschöpflicher Energie, machte Poppy sich keine Sorgen um die neunhundert Morgen, sondern legte einen Golfplatz mit 18 Löchern an und behielt den Rest dem Augenblick vor, da irgend jemand eine gute Idee hatte. Irgendeiner intelligenten Person kam in den Sinn, daß es dort sehr gute Möglichkeiten für Geländejagdrennen gäbe, und zu der Zeit, als Pig die Blumenschale auf den Kopf bekam, hatte dort bereits viermal nacheinander im Frühling eine Rennveranstaltung stattgefunden.

Es war alles sehr gemächlich und gemütlich und bequem. Wenn jemand auftauchte, der so aussah, als könnte er die Atmosphäre verderben, gelang es Poppy irgendwie, ihn loszuwerden. Es war eigentlich ganz einfach. Sie wollte ein offenes Haus führen, und die Leute in der Umgebung waren bereit, die Kosten, die sie verursachten, zu tragen, oder darauf schien es wenigstens hinauszulaufen.

Leos Geschichte war interessant. Ich konnte verstehen, daß Pig es geschafft hatte, sich in ›Halt Knights‹ umbringen zu lassen, doch nicht, wie er es fertiggebracht hatte, so lange dazubleiben, daß es geschehen konnte.

Inzwischen war Leo beim Wagen angekommen und musterte Lugg mißtrauisch. Leos Vorstellungen von Disziplin sind militärisch, und Luggs sind es nicht. Ich sah uns in eine Sackgasse geraten.

»Ach, Lugg«, sagte ich mit gezwungener Herzlichkeit, »ich fahre Sir Leo nach ›Halt Knights‹. Sie gehen besser zurück nach Highwaters. Nehmen Sie sich einen Bus oder so was.«

Lugg starrte mich an, und ich sah Rebellion in seinen Augen. Seine Füße sind in der letzten Zeit ein ständiger Gegenstand seiner Konversation.

»Einen Bus?« wiederholte er und fügte nachträglich ein »Sir« hinzu, als Leos Blicke auf ihn fielen.

»Ja«, sagte ich töricht. »Eins von diesen großen grünen Dingern. Sie müssen sie schon herumfahren sehen haben.«

Er stieg schwerfällig und würdevoll aus dem Wagen und erniedrigte sich so weit, Leo die Tür aufzuhalten, doch mich betrachtete er unter seinen fetten weißen Augenlidern mit einem unergründlichen, nachdenklichen Ausdruck.

»Merkwürdiger Bursche, Ihr Mann«, sagte Leo, als wir starteten. »Behalten Sie ihn im Auge, mein lieber Junge. Hat Ihnen im Krieg das Leben gerettet?«

»Liebe Zeit, nein!« sagte ich erstaunt. »Warum?«

Er putzte sich die Nase. »Ich weiß nicht. Kam mir nur so in den Sinn. Was diese Sache betrifft, Campion. Es ist ziemlich ernst, und ich will Ihnen sagen, warum.« Er machte eine Pause und fügte so ernsthaft, daß ich erschrak, hinzu: »Es gibt mindestens ein halbes Dutzend anständiger Männer, mich selbst eingeschlossen, die nicht übel Lust hatten, diesen Burschen letzte Nacht aus dem Weg zu räumen. Einer von uns muß den Kopf verloren haben, wissen Sie. Ich bin Ihnen gegenüber natürlich sehr offen.«

Ich brachte den Wagen auf dem Seitenstreifen zum Stehen. Wir befanden uns auf der langen geraden Strecke oberhalb vom ›Dog and Fowl‹.

»Darüber würde ich gern mehr hören«, sagte ich.

Er rückte heraus damit, leise und erdrückend, mit seiner angenehmen, besorgten Stimme. Angesichts der Umstände war es eine aufschlußreiche Geschichte.

Im vergangenen Jahr waren zwei der Landsitze in der Nähe leer geworden und beide über eine Londoner Anwaltsfirma anonym gekauft worden. Niemand hatte zu der Zeit viel darüber nachgedacht, aber das dicke Ende war eine Woche vor unserem jetzigen Gespräch gekommen. Leo war hinunter zu ›Halt Knights‹ gegangen, um eine Partie Bridge zu spielen und etwas zu trinken, aber was er gefunden hatte, war ein Haus in Aufruhr, in dem sich ausgerechnet Pig niedergelassen hatte. Er tat ungeheuer wichtig und machte detaillierte Angaben zu seinen Plänen für die Zukunft Kepesakes, zu denen ein Kurhotel gehören sollte, eine Hunderennbahn und ein Kino mit Tanzhalle mit besonderen Attraktionen, um die Autofahrer von der nicht allzuweit entfernten Industriestadt anzulocken.

Auf die Seite genommen, war Poppy zusammengebrochen und hatte ein Geständnis gemacht. Das unbeschwerte Leben auf dem Land und ländliche Gastfreiheit hatten sich als teuer erwiesen, und da sie nicht ihre Kunden beunruhigen wollte, die auch ihre nächsten und besten Freunde waren, hatte sie die von einem reizenden Herrn aus London angebotenen großzügigen Konditionen zur Aufnahme einer Hypothek akzeptiert, nur um dann festzustellen, daß dieser reizende Mensch nichts anderes war als die Maske, hinter der sich der widerliche Pig versteckte, der genau in dem Augenblick seine Forderungen geltend machte, als der größte Teil der Anleihe dazu benutzt worden war, einige unbezahlte Rechnungen zu begleichen.

Leo, der seinem Namen Ehre machte wie nur je ein Mann, war mutig zu Hilfe gekommen. Er brauste durch die Gegend, trommelte ein paar Männer nach seinem Geschmack zusammen, veranstaltete ein Treffen, gründete ein Konsortium und ging auf Pig, der sich verschanzt hatte, mit Geld und sorgfältig durchdachten ehrlichen Worten zu.

Es war jedoch ein Fehlschlag. Pig war unnachgiebig. Pig hatte soviel Geld wie er brauchte. Pig wollte Kepesake – und er würde einen echten Silberstall daraus machen.

Leos Anwalt, aus Norwich herbeigerufen, hatte die schlimmsten Befürchtungen seines Klienten bestätigt. Poppy hatte dem reizenden Herrn zu sehr vertraut. Pig hatte eine Kaufoption.

Als ihnen klar wurde, daß Pig mit Geld, Halt Knights und

den beiden angrenzenden Landsitzen Kepesake kaputtmachen konnte, und ihre Herzen dazu, hatten Leo und seine Freunde es mit anderen Methoden versucht. Wie Leo sagte, Männer sind bereit, für ihr Zuhause zu kämpfen. Baum und Feld erwecken eine primitive Liebe, die in dem rechtschaffensten Herzen eine flammende Leidenschaft entfachen kann.

Zwei oder drei der ältesten Gäste Halt Knights wurden von Pig aufgefordert, das Haus zu verlassen. Leo und die meisten anderen jedoch blieben unerschütterlich und wichen nicht von ihren Plätzen, es wurde viel, aber leise geredet, und unzählige Komplotte wurden geschmiedet.

»Und dann, heute morgen«, sagte Leo abschließend mit seiner sanften Stimme, »krachte eine der Blumenschalen von der Brüstung auf den Burschen hinunter, als er schlafend in einem Liegestuhl unter dem Fenster der Halle saß. Verdammt unangenehm, Campion.«

Ich trat auf die Kupplung und fuhr schweigend weiter. Ich dachte an Kepesake und seine schönen schattigen Bäume, seine sanften Weiden und klaren Wasser, und ich dachte, was für eine Schande es war. Es gehörte diesen alten Knaben und ihren Kindern. Es war ihre Zufluchtsstätte, ihre kleine Insel des Friedens. Wenn Pig mehr Geld machen wollte, warum um alles in der Welt mußte er Kepesake ruinieren, um es zu tun? Es gibt zehntausend andere Dörfer in England. Nun ja, sie jedenfalls, oder wenigstens eines von ihnen, waren vor Pig sicher. Soviel schien schmerzlich klar.

Wir sprachen beide nicht, bis wir unter dem roten normannischen Bogen hindurchfuhren, der das Haupttor zu Knights bildet. Und dort schnaubte Leo wütend.

»Noch so ein Lump!« sagte er aufbrausend.

Ich musterte die kleine Gestalt, die uns über die Auffahrt entgegenstolziert kam, und hätte um ein Haar das Auto auf den Rasen gefahren. Ich erkannte ihn sofort, in erster Linie wegen der außerordentlichen Empfindung von Abscheu, die er in mir erweckte. Er war ein durch und durch unangenehmer alter Junge, affektiert und eingebildet, und als ich ihn das letzte Mal sah, hatte er bei Pigs erster Beerdigung ostentativ in ein Taschentuch mit einem zollbreiten schwarzen Rand geweint. Jetzt kam er aus ›Halt Knights‹ herausmarschiert, als kenne er sich dort aus und fühle sich ganz wie zu Hause.

3

»*Hier ist er gestorben*«

Er sah mich interessiert an, und ich glaube, er ordnete mich ein, denn ich war mir zweier glänzender Knopfaugen bewußt, die mich unter Terrierbrauen anstarrten.

Vor Leo dagegen salutierte er, mit einem Schwenken seines Panamahutes und einer jener Verneigungen, die altmodischen Charme zum Ausdruck bringen sollen und eher weibisch wirken.

Leo schluckte und zog flüchtig an seinem eigenen grünen Tweed-Hut.

»Es kennen mehr Leute den Narren, als der Narr ahnt«, vertraute er mir mit einem verlegenen Poltern an und redete so rasch weiter, daß ich annahm, er wollte nicht über den Mann sprechen, was seltsam war.

»Seien Sie bitte vorsichtig mit Poppy«, sagte er. »Reizende kleine Frau. Hat die letzten ein oder zwei Tage viel durchgemacht. Würde sie nicht gern eingeschüchtert sehen. Samthandschuhe, Campion. Ausschließlich Samthandschuhe.«

Ich war verständlicherweise gekränkt: Man hat mich nie für brutal gehalten, eher für sanft und freundlich.

»Es ist zehn Jahre her, seit ich eine Frau geschlagen habe, Sir«, sagte ich.

Leo sah mich schief an. Witzige Bemerkungen sind nicht sein Fall.

»Hoffe, daß Sie es nie getan haben«, sagte er streng. »Ihre Mutter – liebe reizende Dame – könnte keinen Sohn aufgezogen haben, der das täte. Ich mache mir Sorgen wegen Poppy, Campion. Arme reizende kleine Frau.«

Ich zog die Augenbrauen hoch. Ein Mann, der Poppy als arme kleine Frau sah, mußte sich auch, fand ich, vorstellen können, daß sie wirklich mißhandelt wurde. Ich mag Poppy. Reizend ist sie, das ja, aber klein – nein. Leo verwechselte das Ideal mit dem Schablonenhaften, und ich hätte ihn vielleicht darauf hinweisen und ihn tödlich beleidigen können, wenn wir nicht in diesem Augenblick unter den Bäumen hervorgekommen wären und das Haus vor uns gesehen hätten.

Kein englisches Landhaus verdient diese Bezeichnung, wenn es an einem Juniabend um halb sieben nicht atemberaubend aussieht, aber ›Halt Knights‹ ist eine Klasse für sich. Es ist langgestreckt und niedrig und hat wunderschöne Fenster. Die georgianische Front aus erdbeerroten Backsteinen verträgt sich gut mit den normannischen Ruinen, die sich hinter dem Haus erheben und mit den hohen Kastanienbäumen zu einer Einheit verschmelzen.

Wie in vielen Häusern in Ost-England befindet sich die Haustür an der Seite, so daß vorne der Rasen bis ans Haus reicht.

Als wir vorfuhren, sah ich mit Befriedigung, daß die Tür offenstand wie üblich, wenn auch das Haus verlassen zu sein schien, mit Ausnahme des verlegenen Polizisten mit Fahrradklammern um die Hosenbeine, der an der Hausschwelle auf Posten stand.

Ich verstand sein Unbehagen nicht, bis ich den Zinnkrug zwischen den Schleifenblumen zu seinen Füßen schimmern sah. Poppy hat viel Verständnis für das Wesen Mann.

Ich berührte Leo an der Schulter und machte einen Vorschlag, und er blinzelte mich an.

»Oh, in Ordnung, mein Junge. Sehen Sie sich zuerst den Tatort an, selbstverständlich. Hier hat der Bursche gesessen.«

Er führte mich zur Vorderseite des Hauses, wo die Liegestühle, merkwürdig zerbrechlich und japanisch aussehend, unter den Fenstern unregelmäßig verteilt waren.

»Die Steinschale«, sagte er.

Ich bückte mich und zog ein paar Säcke zur Seite, die über das Beweisstück gebreitet waren. Es war eine große Steinschale, etwa zweieinhalb Fuß hoch und zwei Fuß im Durchmesser, mit Putten und Ananas dekoriert. Sie mußte mit der Erde, die sie füllte, an die 150 Kilo wiegen, und während ich verstehen konnte, daß sie Pig getötet hatte, war ich erstaunt, daß sie ihn nicht völlig zerschmettert hatte. Ich sagte das zu Leo, und er erklärte es.

»Hätte sie getan, hätte sie getan, mein Junge, aber nur die Kante des Randes traf seinen Kopf, wo er über den Rücken des Liegestuhls hinausragte. Und er hatte einen Hut auf. Das ist der Stuhl – nicht viel zu sehen.«

Er kickte einen weiteren Sack zur Seite, und wir schauten hinunter auf einen jämmerlichen Haufen von zersplittertem Holz und zerrissenem Segeltuch. Leo zuckte hilflos mit den Schultern.

Ich ging ein Stück den Rasen hinunter und schaute zur Brüstung hinauf. Sie besteht aus einem der langen Streifen verputzter Steine, die die niedrigen Fronten georgianischer Häuser abschließen und mich immer an die Marzipanglasur auf einem exquisiten Fruchtkuchen erinnern. Die kleinen Fenster des zweiten Stocks schauen hinter der Brüstung aus dem Zuckerhutdach hervor.

Auf der Brüstung standen in gleichmäßigen Abständen sieben weitere Blumenschalen – mit einer bedeutsamen Lücke. Offensichtlich haftete ihnen nichts Gefährliches an; sie sahen so aus, als hätten sie schon immer dort gestanden.

Wir gingen zum Haus.

»Etwas verstehe ich nicht«, sagte ich. »Unser Freund, der Mörder, scheint ein ungeheures Risiko eingegangen zu sein. Was für ein gefährliches Unternehmen.«

Leo sah mich an, als hätte ich dummes Geschwätz geredet, und ich gab mir Mühe, mich verständlicher zu machen.

»Ich meine«, sagte ich, »Harris saß doch sicher nicht allein hier? Irgend jemand könnte doch zu ihm gegangen sein, um ein paar Worte mit ihm zu wechseln. Der Mann, der die Blumenschale hinunterstieß, konnte sich nicht vergewissern, daß er den Richtigen traf, wenn er nicht vorher auf die Brüstung kletterte, um hinunterzuschauen, und das wäre purer Wahnsinn gewesen.«

Leo wurde sehr rot im Gesicht. »Harris war allein«, sagte er. »Er saß schon da, als wir heute morgen hier auftauchten, und niemand hatte den Wunsch, sich zu ihm zu gesellen, wenn Sie mich verstehen. Wir überließen ihn sich selbst. Er nahm keine Notiz von uns, und keiner hatte das Bedürfnis, ihn anzusprechen, und so gingen wir alle in das Haus. Ich spielte hinter diesem Fenster in der Halle Karten, als das scheußliche Ding auf ihn hinunterkrachte. Vielleicht finden Sie es kindisch«, fügte er etwas verlegen hinzu, »aber so ist es nun mal. Der Bursche war durch und durch eine Zecke.«

Ich pfiff. Die Wolken zerteilten sich.

»Wenn Sie sagen ›wir alle‹, wen meinen Sie damit?« fragte ich.

Er sah jämmerlich aus.

»Wir waren etwa ein Dutzend«, sagte er. »Alle über jeden Verdacht erhaben. Gehen wir rein.«

Als wir den Fuß auf die Steinfliesen der Eingangshalle setzten und den lieblichen kühlen Duft nach altem Holz und Blumen einatmeten, welches der echte Duft eines Landhauses ist, tauchte Poppy auf, fett, freundlich und uns willkommen heißend wie immer.

»Oh, Schatz«, sagte sie, während sie meine Hände ergriff, »wie schön, Sie zu sehen. Leo, wie lieb von Ihnen, ihn herzubringen. Ist es nicht schrecklich? Kommen Sie, trinken Sie etwas.«

Sie führte uns den breiten Steinflur hinunter zu der großen, weißgetäfelten Halle mit den tiefen, bequemen, chintzbezogenen Sesseln und schwatzte dabei ununterbrochen.

Es ist nicht leicht, Poppy zu beschreiben. Sie ist über fünfzig, nehme ich an, hat den ganzen Kopf voller grauer, fester Locken, einen großen Mund und riesige blaue Augen. Das ist der leichtere Teil. Das übrige ist schwieriger. Sie strahlt Freundlichkeit, Großzügigkeit und eine Art naiver Widerborstigkeit aus. Ihre Kleider sind abscheulich, weite geblümte Röcke und Oberteile, die mit genügend Rüschen verziert sind, um eine Fregatte aufzutakeln. Aber sie passen zu ihrer Person, wenn auch vielleicht nicht zu ihrer Figur. Man sieht sie und man mag sie, und mehr gibt es da nicht zu sagen.

Leo war offensichtlich völlig vernarrt in sie.

»Ein so abscheulicher kleiner Mann, dieser Harris«, sagte sie, während sie mir einen Whisky gab. »Hat Leo Ihnen alles über ihn und mich erzählt? Wie er versucht hat, sich das Haus unter den Nagel zu reißen ... ja, wirklich! Na ja, gut, das ist in Ordnung. Sie sehen, wie es passiert ist. Trotzdem ist es sehr unrecht von irgendwem, wirklich sehr unrecht – obwohl ich, mein Lieber, ganz sicher bin, daß es gut gemeint war.«

Leo stotterte fast. »Ist sie nicht ein *Schatz*?« sagte er.

»Ich bin doch nicht albern, oder, Albert?« Sie sah mich bittend an. »Ich habe ihnen letzte Nacht gesagt, daß es gefährlich sei. Ich habe ganz eindeutig gesagt: ›Das wird Ärger geben‹, und das hat es natürlich auch.«

Ich fing einen erstaunten Blick von Leo auf und setzte mich interessiert auf. Poppy wandte sich an ihn.

»Haben Sie es ihm nicht gesagt?« fragte sie. »Aber das müssen Sie. Es ist nicht fair.«

Leo wich meinen Blicken aus. »Ich wollte es gerade tun«, sagte er. »Campion ist erst seit einer halben Stunde hier unten.«

»Sie haben versucht, sie zu decken«, sagte Poppy vernichtend, »und das ist nicht gut. Wenn wir die Wahrheit kennen«, fügte sie naiv hinzu, »können wir entscheiden, wieviel wir sagen wollen.«

Leo sah schockiert aus und wollte sprechen, aber sie kam ihm zuvor.

»Es war nämlich so«, sagte sie vertrauensvoll und versetzte mir einen freundlichen, aber unpersönlichen Klaps auf den

Arm. »Zwei oder drei der energischen alten Schätzchen brüteten gestern nacht ein Komplott aus. Sie wollten Harris zuerst betrunken und damit freundlicher machen, und dann wollten sie ihm die ganze Sache von Mann zu Mann vortragen, und in einem Ausbruch von Kameradschaftlichkeit sollte er ein Schriftstück unterschreiben, das sie vorbereitet hatten und in dem er auf die Option, oder was es ist, verzichtete.«

Sie machte eine Pause und sah mich zweifelnd an, wozu sie auch durchaus Veranlassung hatte, fand ich. Als mein Gesichtsausdruck sich nicht veränderte, kam sie ein wenig näher.

»Ich war nicht einverstanden«, sagte sie ernsthaft. »Ich sagte ihnen, daß es nicht klug sei und in gewisser Weise auch nicht ganz ehrlich. Aber sie sagten, daß Harris uns gegenüber auch nicht ehrlich gewesen sei, und das stimmte natürlich, und so saßen sie die letzte Nacht hier mit ihm auf. Es hätte vielleicht klappen können, aber er wurde nicht freundlicher, sondern aufsässig, wie manche Leute es werden, und während sie versuchten, ihn über das Stadium hinwegzubringen, klappte er völlig zusammen, und sie mußten ihn zu Bett tragen. Heute morgen hatte er einen schrecklichen Kater und ging zum Rasen, um sich auszuschlafen. Er hatte sich den ganzen Vormittag noch nicht gerührt, als das scheußliche Ding auf ihn fiel.«

»Unangenehm«, murmelte Leo. »Verdammt unangenehm.«

Poppy nannte mir die Namen der Verschwörer. Es waren alles außerordentlich angesehene Leute, die es wirklich besser hätten wissen müssen. Es klang für mich so, als seien all diese Männer plötzlich wieder zu Studenten geworden, und das hätte ich auch vollkommen freundlich gesagt, wenn Poppy mich nicht unterbrochen hätte.

»Leos Inspektor – ein so netter Mann; er hofft, befördert zu werden, hat er mir erzählt – hat sich die Dienstboten einzeln unter die Lupe genommen und nichts gefunden, nicht einmal etwas Verstand, arme Lämmchen! Ich fürchte, es wird ein schrecklicher Skandal. Es muß einer der Gäste gewesen sein, verstehen Sie, und ich habe nur so liebe Menschen.«

Ich schwieg, denn in diesem Augenblick betrat ein Dienstmädchen mit einem Vollmondgesicht die Halle, das gewiß nicht so aussah, als habe es genug Intelligenz, um eine Blumenschale oder sonst etwas auf den richtigen unerwünschten Gast fallen zu lassen, und fragte, ob ein Mr. Campion im Haus sei, er würde am Telephon verlangt.

Ich hielt es für selbstverständlich, daß es Janet sei, und ging mit einer gewissen Vorfreude in den Flur.

Doch als ich den Hörer aufnahm, sagte die Stimme an der Vermittlung fröhlich: »Sie werden aus London verlangt.«

Angesichts der Tatsache, daß ich zwei Stunden vorher London unerwartet verlassen hatte, mit der Absicht, nach Highwaters zu fahren, und daß außer Lugg und Leo kein Mensch auf der Welt wußte, daß ich jetzt in ›Halt Knights‹ war, dachte ich, es müsse sich um ein Mißverständnis handeln, und wiederholte: »Aus London?«

»Ja, stimmt, aus London«, wiederholte die Stimme sanft und geduldig. »Bleiben Sie am Apparat. Ich verbinde ...«

Ich blieb eine beträchtliche Zeit am Apparat.

»Hallo«, sagte ich schließlich. »Hier Campion.«

Es kam noch immer keine Antwort, nur ein leiser Seufzer, dann wurde am anderen Ende aufgelegt. Das war alles.

Es war ein merkwürdiger kleiner Zwischenfall, ziemlich beunruhigend.

Bevor ich zu den anderen zurückkehrte, ging ich in den oberen Stock, um mir die Brüstung anzuschauen. Es war niemand zu sehen, und die meisten Türen standen offen, so daß ich ohne große Mühe die Stelle fand, wo Pigs Blumenschale gestanden hatte.

Sie hatte ihren Platz direkt vor dem Fenster einer Abstellkammer gehabt und mußte, dachte ich, dem Raum fast alles Licht genommen haben. Als ich mir die Stelle näher ansah, erkannte ich, daß keine meiner hoffnungsvollen Theorien über ungeschickte Tauben oder eine sorglose Katze in Frage kam. Das obere Ende der Brüstung war von Flechten überwachsen, mit Ausnahme des Rechtecks, wo der Fuß der Blumenschale gestanden hatte. Diese Stelle war sauber und bräunlich, ein paar tote Insekten ausgenommen, wie man sie unter Steinen findet. In der Mitte dieses Rechtecks befand sich ein etwa drei Zoll langer und zwei Zoll tiefer Schlitz, dazu bestimmt, eine Art Dübel aus Stein am Boden der Blumenschale aufzunehmen – aus Gründen der Sicherheit.

Darum war es völlig ausgeschlossen, daß die Schale versehentlich hinuntergefallen sein könnte. Jemand, der kräftig und zu allem entschlossen war, mußte sie hochgehoben haben, bevor er sie hinunterstoßen konnte. Soweit ich feststellen konnte, war nichts Ungewöhnliches an der leeren Stelle, abgesehen von der Tatsache, daß die Flechte am Rand der Brüstung etwas feucht war. Ich hatte keine Ahnung, daß sich das noch als äußerst wichtig erweisen sollte.

Ich ging wieder hinunter in die Halle. Ich wirke von Natur aus nicht besonders auffällig, und wahrscheinlich kam ich leise herein, denn weder Leo noch Poppy schienen mich zu hören, und Leos Stimme, laut und erregt, drang zu mir.

»Glauben Sie mir, meine liebe Dame, ich möchte mich nicht in Ihre Privatangelegenheiten einmischen – nichts liegt mir ferner –, aber es war eine naheliegende Frage. Zum Henker, Poppy, der Bursche war ein Lump, und er marschierte aus dem Haus, als ob ihm das alles gehörte. Aber sagen Sie mir nicht, wer es war, wenn Sie es lieber nicht sagen möchten.«

Poppy sah ihn an. Ihre Wangen waren leicht gerötet, und Tränen des Verdrusses glänzten in ihren Augen.

»Er kam aus dem Dorf, um ... um Karten für ein ... ein Whistturnier zu verkaufen«, sagte sie, alles in einem Atemzug, und ich sah sie an und fragte mich, ob sie wirklich eine so großartige Schauspielerin gewesen war, wenn sie nicht besser lügen konnte.

Dann wurde mir natürlich klar, über wen sie sprachen.

4

Unter Engeln

Ich hüstelte diskret, und Leo drehte sich um und sah mich schuldbewußt an.

»Ah«, sagte er geistesabwesend, doch tapfer bemüht, sich normal zu unterhalten. »Ah, Campion, keine schlechten Nachrichten, hoffe ich?«

»Überhaupt keine Nachrichten«, sagte ich wahrheitsgemäß.

»Oh, das ist gut. Das ist *gut*, mein Junge«, rief er plötzlich laut, stand auf und schlug mir mit unnötiger Heftigkeit auf die Schulter. »Keine Nachrichten sind gute Nachrichten. Das sagen wir doch immer, nicht wahr? Nun, Poppy, wir müssen jetzt gehen, meine Liebe. Gäste zum Dinner, wissen Sie. Auf Wiedersehen. Kommen Sie, Campion. Bin froh, daß Sie gute Nachrichten hatten.«

Um ehrlich zu sein – der alte Junge redete einfach dummes Zeug, und er tat mir leid. Poppy war immer noch verärgert. Ihre Wangen waren sehr rosig, und in ihren Augen standen Tränen.

Leo und ich gingen hinaus.

Ich veranlaßte ihn, noch einmal mit zum Rasen zu gehen, wo ich mir die Blumenschale ein zweites Mal ansah. Der Dübel war unbeschädigt. Er ragte fast zweieinhalb Zoll von der flachen Standfläche hervor.

Leo war sehr nachdenklich, als ich ihn darauf hinwies, aber er war wohl mit seinen Gedanken woanders, denn ich mußte ihm die einfache Konstruktion zweimal erklären, bevor er sah, daß sie von Bedeutung sein könnte.

Als wir unter den Bäumen hindurch davonfuhren, sah er mich an.

»Verzwickt«, sagte er bekümmert.

Wir fuhren schweigend zur Hauptstraße zurück. Ich war froh über etwas Ruhe, weil ich meinte, daß ein wenig konstruktives Denken überfällig sei. Ich gehöre nicht zu diesen intellektuellen Spürhunden, fürchte ich. Mein Verstand arbeitet nicht wie eine Addiermaschine, die die Fakten einen nach dem anderen ordentlich registriert und gleichzeitig die Arbeit macht. Ich bin mehr wie der Kollege mit dem Sack und dem Stock mit der Eisenspitze. Ich sammle jede Kleinigkeit, die ich entdecke, und leere den Beutel zur Lunchpause.

Bisher hatte ich ein oder zwei Dinge eingesammelt. Ich hatte mich vergewissert, daß Pig tatsächlich ermordet worden war, das heißt, wer ihn auch getötet hatte – er hatte es mit Absicht getan, doch nicht, dachte ich, mit langer vorheriger Planung. Dies schien ziemlich offensichtlich, da man nicht davon ausgehen konnte, jemand habe darauf bestanden, daß er sich genau an diesen Platz setze, oder absolut sicher sein konnte, daß er lange genug dort bleiben würde, um zur gegebenen Zeit zur Zielscheibe zu werden.

Ich dachte über die Angelegenheit nach und stellte mir einen impulsiven Menschen vor, der zufällig vorbeikam und die nötigen Voraussetzungen schon vorgefunden hatte: Pig, schweineartig und keineswegs liebenswert, unter der Blumenschale sitzend. Der Täter, nicht fähig, den seiner unwürdigen Wunsch zu zügeln, war hinaufmarschiert und hatte bei dieser plötzlichen Inspiration die nötige Nachhilfe geleistet.

Als ich an diesem Punkt angekommen war, wurde mir klar, daß der Mörder in sorgfältiger Überprüfung der Alibis durch ein Eliminieren aller nicht in Frage kommenden Personen ermittelt werden mußte, und dies war in meinen Augen eindeutig Sache des Inspektors. Er war es ja schließlich, der, jung und voller Hoffnung, nach Beförderung strebte.

Wirklich schwierig würde es mit den Beweisen werden. Da es hoffnungslos war, auf dem rauhen Stein nach Fingerabdrücken zu suchen, und da ein Augenzeuge sich schon früher gemeldet hätte, war das eigentliche Problem, so glaubte ich, den Täter mit Hilfe von Beweisen festzunageln.

Vielleicht sollte ich an dieser Stelle erwähnen, daß ich mich zu jenem Zeitpunkt absolut im Irrtum befand. Ich irrte mich nicht nur hinsichtlich des Problems, sondern auch in allen anderen Punkten. Das ahnte ich damals natürlich nicht. Ich lehnte mich im Lagonda zurück, Leo neben mir, fuhr durch das gelbliche Abendlicht und dachte an Pig und seine beiden Beerdigungen, die in der Vergangenheit und die in der Gegenwart.

Zu der Zeit, und ich befand mich natürlich hoffnungslos im Irrtum, ging ich eigentlich davon aus, daß Pigs Mörder von draußen kam. Der clevere junge Gentleman aus London – ich nämlich – freute sich auf ein hübsches anregendes Geheimnis, bei dem sich der Verbrecher bereits hinter Schloß und Riegel im Leichenhaus befand, und berücksichtigte den Telephonanruf und Poppys unangenehmen Besucher überhaupt nicht. Heute beweist mir das, daß die milde Landluft mir zu Kopf gestiegen war.

Sie taten mir leid, Leo, Poppy und die übereifrigen alten Herren, die mit so verheerenden Folgen versucht hatten, ›Halt Knights‹ zu retten. Ich hatte Verständnis für ihre Furcht vor dem Skandal und dem Spektakel. Aber zu diesem Zeitpunkt dachte ich nicht, daß der Mord selbst der bei weitem interessanteste Teil der ganzen Situation war.

Wenn ich natürlich von den anderen kleinen Überraschungen gewußt hätte, die die Götter für uns bereithielten, wenn ich geahnt hätte, daß der unangenehme alte Sensenmann sich im Garten auf seinen Lorbeeren ausruhte und Atem holte für die nächste kleine Ährenlese, hätte ich mir einen Ruck gegeben, aber ich war ehrlich der Meinung, daß das Feuerwerk abgebrannt und ich am Ende der Party dazugestoßen sei und nicht, wie sich herausstellte, am Anfang.

Als wir die schmale Dorfstraße hinunterfuhren, vorbei am ›Swan‹, stellte ich Leo so beiläufig wie möglich eine Frage:

»Kennen Sie Tethering, Sir?« sagte ich. »Es gibt dort eine Privatklinik, nicht wahr?«

»Eh?« Er befreite sich mit einem Ruck aus seinen unglückseligen Betrachtungen. »Tethering? Privatklinik? O ja, hervorragendes Unternehmen – hervorragend. Wird von dem jungen Brian Kingston geleitet. Guter Mann. Sehr klein allerdings, sehr klein – die Klinik, nicht Kingston. Wird Ihnen gefallen. Großer Bursche. Netter Mann, kommt heute abend zum Dinner. Der Vikar kommt auch«, fügte er nachträglich hinzu. »Nur wir fünf. Ganz zwanglos.«

Mein Interesse war natürlich erwacht.

»Hat Kingston die Klinik schon lange?«

Leo blinzelte mich an. Es sah so aus, als wäre es ihm lieber, wenn ich nicht redete.

»Oh, ein paar Jahre. Sein Vater hatte dort früher seine Praxis. Hinterließ dem Sohn ein großes Haus, und der Sohn, der Unternehmungsgeist hat, machte ein gutgehendes Geschäft draus. Guter Arzt – großartiger Arzt. Hat meinen Katarrh kuriert.«

»Sie kennen ihn also gut?« fragte ich, bekümmert, daß ich seine Gedankengänge unterbrach, doch darauf bedacht, mit meinen Nachforschungen weiterzukommen.

Leo seufzte. »Ganz gut«, sagte er. »So gut, wie man jeden kennt, Sie wissen schon. Komische Sache, ich spielte heute vormittag mit ihm und zwei andern eine Runde, als die verdammte Blumenschale auf den Lump draußen fiel und all diesen Ärger machte. Kam direkt an dem Fenster, wo wir saßen, vorbei. Schreckliche Sache.«

»Was spielten Sie? Bridge?«

Leo sah schockiert aus. »Vor dem Lunch? Nein, mein lieber Junge, Poker. Würde vor dem Lunch kein Bridge spielen. Poker haben wir gespielt. Kingston hatte gewonnen, und wir waren dabei abzurechnen und dachten schon an den Lunch, als so eine Art Schatten am Fenster vorbeikam, und dann kam ein Aufschlag, der kein normaler Aufschlag war.

Verdammt unangenehm. Gefiel mir nicht, der Bursche, Ihnen? Sah gefährlich aus, dachte ich, die Art von Burschen, auf die man instinktiv einen Hund hetzt.«

»Wer?« fragte ich; ich hatte das Gefühl, daß ich allmählich den Faden verlor.

Leo brummte. »Der Bursche, den wir auf der Auffahrt von Poppys Haus trafen. Will mir nicht aus dem Kopf gehen.«

»Ich glaube, ich habe ihn schon mal gesehen«, sagte ich.

»Ach?« Leo sah mich mißtrauisch an. »Wo? Wo war das?«

»Äh ... irgendwo auf einer Beerdigung«, sagte ich; deutlicher wollte ich mich nicht äußern.

Leo putzte sich die Nase. »Genau dort würde man ihn erwarten«, sagte er unsinnigerweise, und wir bogen in die Auffahrt von Highwaters ein.

Janet kam die Stufen heruntergeeilt, als wir vorfuhren.

»Oh, Darling, ihr kommt so spät«, murmelte sie Leo zu, dann wandte sie sich mir zu und streckte die Hand aus. »Hallo, Albert«, sagte sie, etwas kühl, fand ich.

Ich kann Janet nicht beschreiben, wie sie damals vor mir stand. Sie war und ist wunderschön.

Ich habe sie immer noch gern.

»Hallo«, sagte ich lahm, und da ich das Gefühl hatte, ich müsse noch etwas hinzufügen, sagte ich wie ein Blödmann: »Gebt uns zu trinken, Ambrosia, und süß ...«

Sie wandte sich von mir ab und sagte zu Leo: »Du mußt dich jetzt wirklich umziehen, Schätzchen. Der Vikar ist schon da, völlig durcheinander, armer Junge. Im ganzen Dorf brodelt es vor Aufregung, sagte er, und Miss Dusey hat uns ausrichten lassen, daß es im ›Marquis‹ von Zeitungsleuten wimmelt. Sie möchte wissen, ob das in Ordnung sei. Hat sich etwas ergeben?«

»Nein, nein, meine Liebe.« Leo war mit den Gedanken woanders und küßte sie, völlig unerwartet, da bin ich mir sicher.

Er schien die Zärtlichkeit selbst ein wenig überraschend zu finden, denn er hüstelte, als wolle er sie bemänteln oder zumindest entschuldigen, dann eilte er ins Haus und ließ Janet, dunkelhaarig und attraktiv, neben mir auf der Stufe stehen.

»Er macht sich Sorgen, nicht wahr?« sagte sie leise und fuhr dann fort, als sei ihr gerade eingefallen, wer ich war: »Ich fürchte, du mußt dich sofort umziehen. Du hast nur zehn Minuten. Laß den Wagen hier stehen, ich schicke jemanden, der ihn nach hinten fährt.«

Ich kenne Janet seit dreiundzwanzig Jahren. Als ich sie zum erstenmal sah, war sie kahl und scheußlich rosa. Ich mußte mich bei ihrem Anblick fast übergeben und wurde in den Garten geschickt, bis ich mich wieder an meine Manieren erinnerte. Darum verletzte und überraschte ihre Förmlichkeit mich.

»In Ordnung«, sagte ich, darauf bedacht, um jeden Preis zuvorkommend zu sein. »Ich wasch mich eben nicht.«

Sie sah mich kritisch an. Sie hat sehr ausdrucksvolle Augen, ähnlich denen von Leo, nur größer.

»Das täte ich aber doch«, sagte sie sanft. »Bei dir sieht man den Schmutz – wie auf einem weißen Pelz.«

Ich ergriff ihre Hand. »Wieder Freunde?« fragte ich sie besorgt.

Sie lachte, aber nicht sehr natürlich.

»Natürlich, mein Lieber. Oh, übrigens, es hat jemand nach dir gefragt, so gegen halb sieben. Ich sagte, daß ich dich zum Dinner erwarte.«

»Lugg«, sagte ich beunruhigt, und mir ging ein Licht auf. »Was hat er angerichtet?«

»Oh, nicht *Lugg*«, sagte sie verächtlich. »Ich *mag* Lugg. Deine Freundin.«

Die Situation geriet langsam außer Kontrolle.

»Das ist eine Lüge«, sagte ich. »Es gibt keine andere Frau. Hat sie ihren Namen genannt?«

»Das hat sie«. Janets Stimme klang erbittert und, fand ich, boshaft. »Miss Effie Rowlandson.«

»Noch nie von ihr gehört«, sagte ich wahrheitsgemäß. »War sie ein nettes Mädchen?«

»Nein«, sagte Janet heftig und lief ins Haus.

Ich betrat Highwaters allein. Der alte Pepper, der in der Halle herumhantierte und tat, was Butler so tun, schien erfreut, mich zu sehen, und ich war froh darüber. Nach einer huldvollen, wenn auch förmlichen Begrüßung sagte er: »Ein Brief für Sie, Sir«, in etwa der gleichen Weise, wie jemand sagen könnte: ›Ich freue mich, Ihnen eine Medaille überreichen zu dürfen‹. »Er kam heute morgen, und ich war schon im Begriff, ihn umzuadressieren und an Sie weiterzuleiten, als Sir Leo mir mitteilte, daß wir Ihren Besuch für heute abend erwarteten.«

Er verschwand in seinem Kämmerchen am anderen Ende der Halle und kam mit einem Brief zurück.

»Sie haben dasselbe Zimmer wie immer, Sir, im Ostflügel«, sagte er, als er näher kam. »Ich werde umgehend George mit Ihren Koffern zu Ihnen schicken. Es sind nur noch sieben Minuten bis zum Gong.«

Während er davonstolzierte, warf ich einen Blick auf das Kuvert in meiner Hand, und ich muß wohl einen Anfall von Schluckauf oder etwas Derartiges bekommen haben, denn er schaute mit freundlicher Besorgnis zu mir zurück.

»Bitte, Sir?«

»Es ist nichts, Pepper«, sagte ich, riß den Umschlag auf und las den zweiten anonymen Brief, während ich nach oben ging. Er war genauso ordentlich getippt und mit den richtigen Satzzeichen versehen wie der erste; es war geradezu ein Vergnügen, ihn zu lesen.

»Oh«, ruft die Eule. »Oho«, schluchzet der Frosch. »O-oh«, trauerte der Wurm. »Wo ist Peters, den man uns versprochen hat?«

Der Engel weinet hinter goldenen Gittern. Seine Flügel bedecken sein Gesicht. »Piero«, weinet der Engel.

Warum sollte dies alles so sein? Wer war er, daß er den himmlischen Frieden störte?

Denket, o denkt an den armen Mole. Seine kleinen Hände sind wund, und seine Nase blutet.

5

Nette Leute

»Es ist das Natur-Motiv, das mich so verwirrt«, vertraute ich Lugg an, während ich mich umzog. »Sehen Sie irgendeinen Sinn darin?«

Er warf den Brief zur Seite und lächelte mich mit unerwarteter Schüchternheit an. Sein Gesicht glänzte vor Zartgefühl.

»Armer kleiner Mole«, sagte er.

Ich starrte ihn verblüfft an, und er hatte den Anstand, verlegen auszusehen. Es dauerte jedoch nicht lange, bis seine Gehässigkeit wieder zum Vorschein kam.

»Dieser Fußmarsch«, begann er düster. »Bin froh, daß Sie jetzt gekommen sind. Hab drauf gewartet, mit Ihnen zu sprechen. Wofür halten Sie mich? Ein'n verdammten Hundertfüßler? Grüner Bus, daß ich nich lache!«

»Sie werden alt, Lugg«, sagte ich beleidigend. »Mal sehen, ob Ihre geistigen Fähigkeiten ebenso nachgelassen haben wie Ihre körperliche Verfassung. Ich muß in vier Minuten im Eßzimmer sein. Sagt dieser Brief Ihnen etwas oder nicht? Er wurde hierher geschickt. Er ist heute morgen angekommen.«

Der Seitenhieb hatte gesessen, und sein großes weißes Gesicht war vorwurfsvoll, während er den Brief ein zweites Mal las, die Lippen geräuschlos bewegend.

»'ne Eule, 'n Frosch, 'n Wurm und 'n Engel sind alle ganz durcheinander, weil sie diesen Peters nich finden können«, sagte er schließlich. »Das is wohl klar, oder nich?«

»Umwerfend«, stimmte ich ihm zu. »Und das ließe vermuten, daß der Schreiber wußte, daß Peters nicht tot ist, was interessant ist, weil er tot ist. Der Bursche, den ich in dem Leichenhaus gesehen habe, ist – oder besser war – Peters persönlich. Er ist heute morgen gestorben.«

Lugg musterte mich. »'n kleines Spielchen?« erkundigte er sich kalt.

Ich betrachtete ihn mit Abneigung, während ich mit meinem Kragen kämpfte, und nach einer Weile machte er ohne Hilfe weiter, offensichtlich bemüht, seinen Verstand in Gang zu bringen.

»Diesen Morgen? Wirklich?« sagte er. »Is gestorben, was? Woran?«

»Blumenschale auf den Kopf, absichtlich.«

»Umgebracht? Wirklich?« Lugg wandte sich wieder dem Brief zu. »Na ja, dann is dies doch klar, oder nich? Der Kerl, der das hier schrieb, wußte, daß Sie immer drauf aus sind, 'n bißchen rumzuschnüffeln, wo's Blut gibt, womit Sie die Bullen um ihre rechtmäßige Arbeit bringen, und darum hat er Ihnen den Tip gegeben herzukommen, so schnell Sie konnten, damit Sie nichts verpassen.«

»Ja, nun, Sie sind beleidigend, wirrköpfig und ordinär«, sagte ich mit Würde.

»Ordinär?« wiederholte er, plötzlich betroffen. »Nich ordinär, Kumpel. Ich sag vielleicht, was ich meine, aber ich bin nie ordinär.«

Er dachte einen Moment nach.

»Bullen«, verkündete er triumphierend. »Sie haben recht, Bullen is gewöhnlich. Polizisten.«

»Sie machen mich krank«, sagte ich wahrheitsgemäß. »Was Sie wohl übersehen haben, ist, daß Peters heute morgen starb, und dieser Brief wurde gestern abend mitten in London irgendwann vor sieben aufgegeben.«

Er registrierte die Tatsachen und überraschte mich, indem er aufstand.

»He«, sagte er, »wissen Sie, was das heißt? Der Kerl, der Ihnen gestern abend geschrieben hat, der *wußte*, daß Peters heute ins Gras beißen würde.«

Ich zögerte. Zum erstenmal lief mir eine Gänsehaut über den Rücken. Inzwischen beschwerte Lugg sich weiter.

»Sie haben's schon wieder getan«, sagte er mit trauervoller Stimme. »Trotzdem ich soviel für Sie getan habe, mischen Sie sich wieder ein beim ersten billigen Schmutz. Verdammt nochmal! Sie brauchen nich mal pfeifen. Es kommt zu Ihnen geflogen.«

Ich sah ihn an. »Lugg«, sagte ich, »diese Worte haben prophetischen Charakter. Im Blätterteig steckt schließlich auch ein Würstchen.«

Der Gong kam ihm zuvor, aber sein Kommentar folgte mir, als ich zur Tür eilte.

»Verdorbene Wurst, höchstwahrscheinlich«, sagte er.

Ich kam eine halbe Sekunde vor der Zeit im Eßzimmer an, und Pepper musterte mich voller Zuneigung, was man von Janet zu meinem Leidwesen nicht sagen konnte.

Leo unterhielt sich mit einem schlanken schwarzen Rükken in klerikaler Abendkleidung, und als ich mich setzte, fand ich mich neben dem sympathisch aussehenden Mann, mit dem ich nach Pigs Beerdigung in Tethering gesprochen hatte.

Er erkannte mich mit wohltuender Herzlichkeit und lachte mich aus seinen tiefliegenden, ruhigen grauen Augen an.

»Immer dabei, wenn's einen Tod gibt?« murmelte er.

Wir stellten uns einander vor, und seine Art gefiel mir. Er war ein großer Bursche, älter als ich, und er hatte eine Schüchternheit, die anziehend wirkte. Wir unterhielten uns eine Weile, Janet gesellte sich zu uns, und es dauerte einige Minuten, bis mir bewußt wurde, daß jemand hier mich haßte.

Es ist eines dieser merkwürdigen, doch unmißverständlichen Gefühle, die man manchmal in Bussen oder bei einem privaten Dinner hat, und ich schaute über den Tisch und sah, daß ein junger Geistlicher, den ich noch nie gesehen hatte, mich mit offener Feindseligkeit anstarrte. Er war einer dieser großen, knochigen, asketischen Typen mit geröteten Wangen und Handgelenken und den humorlosen runden schwarzen Augen der stets Entrüsteten.

Ich war so verblüfft, daß ich ihn töricht anlächelte, und Leo stellte uns einander vor.

Es stellte sich heraus, daß es Reverend Philip Smedley Bathwick war, vor kurzem in die Gemeinde Kepesake berufen. Ich verstand seinen unverhüllten Haß nicht und fühlte mich verletzt, bis ich sah, wie er Janet ansah. Dann fing ich an zu begreifen. Er stierte sie geradezu an, und er hätte mir vielleicht leid getan, wenn da nicht etwas Persönliches gewesen wäre, auf das ich hier nicht einzugehen brauche.

Wie es sich so trifft, war er auf zweifache Weise glücklos, denn Leo belegte ihn völlig mit Beschlag. Sobald wir beim Fisch angelangt waren, bellte Leo, wie er es immer tut, wenn er meint, das Thema brauche Fingerspitzengefühl: »Der Bursche, über den wir vorm Dinner sprachen – wo, sagten Sie, wohnt er?«

»Bei Mrs. Thatcher, Sir. Kennen Sie sie? Sie hat ein kleines Cottage hinter dem ›Swan‹.«

Bathwick hatte eine gute Stimme, aber es war ein Beben in ihr, das ich auf seinen unterdrückten Wunsch zurückführte, der Konversation an unserem Tischende zu folgen.

Leo gönnte ihm keine Pause.

»Oh, ich kenne die alte Mrs. Thatcher«, sagte er. »Eine von den Jepsons am Blucher's Hill. Eine ordentliche Frau. Was hat sie mit einem Burschen wie dem zu schaffen? Versteh ich nicht, Bathwick.«

»Sie vermietet Zimmer, Sir.« Bathwicks Blicke wanderten zu Janet und wieder fort von ihr, als ob ihr Anblick ihm weh tue. »Dieser Mr. Hayhoe ist erst seit knapp einer Woche im Dorf.«

»Hei-ho?« sagte Leo. »Idiotischer Name. Vermutlich falsch.«

Wie immer, wenn er verärgert ist, sprach er brüllend laut, und der unglückselige junge Mann sah ihn bestürzt an.

»Hayhoe ist ein ziemlich oft vorkommender Name, Sir«, wagte Bathwick zu sagen.

»Hei-ho?« wiederholte Leo und sah Bathwick an, als sei er geistesgestört. »Das glaube ich nicht. Wenn Sie so alt wie ich sind, Bathwick, werden Sie nicht mehr versuchen, komisch zu sein. Dies sind ernste Zeiten, mein Junge, ernste Zeiten.«

Die Ungerechtigkeit ließ Bathwicks Ohren erglühen, aber er beherrschte sich und brütete schweigend vor sich hin. Es war ein absurder Vorfall, aber er war die einzige Ursache, behaupte ich, warum Leo Bathwick bis zum heutigen Tag für witzig hält, was natürlich bedauerlich ist, denn einen ernsthafteren Vogel hat es nie gegeben.

Im Augenblick aber war ich mehr an Informationen als an dem Mann interessiert, und ich wandte mich an Kingston.

»Erinnern Sie sich an einen skurrilen alten Mann mit Zylinder, der bei der Beerdigung bei Ihnen zuhause im letzten Winter in ein riesengroßes Trauertaschentuch weinte?« fragte ich. »Das war Hayhoe.«

Er blinzelte mich an. »Peters' Beerdigung? Nein, ich glaube nicht, daß ich mich an ihn erinnere. Ich weiß noch, daß ein merkwürdig aussehendes Mädchen da war, und...«

Er hielt inne, und ich sah, daß ein irgendwie aufgeregter Blick in seine Augen trat.

»... Warten Sie mal!« sagte er.

Alle schauten auf ihn, und er wurde verlegen und versuchte, das Thema zu wechseln. Sobald jedoch die anderen ihre Unterhaltung wieder aufgenommen hatten, wandte er sich an mich.

»Mir ist gerade etwas eingefallen«, sagte er, die Stimme so eifrig wie die eines Jungen. »Es könnte nützlich sein. Wir sprechen nach dem Essen darüber, wenn es Ihnen nichts ausmacht. Sie kannten diesen Peters nicht sehr gut, nicht wahr?«

»Wir waren nicht besonders vertraut miteinander«, sagte ich zurückhaltend.

»Er war kein netter Mensch«, sagte Kingston und fügte mit gesenkter Stimme hinzu: »Ich glaube, ich habe da etwas. Kann hier nicht darüber sprechen.«

Unsere Blicke trafen sich, und mir wurde warm ums Herz. Ich mag Begeisterung bei der Jagd, sonst wird sie zu einer unmenschlichen Angelegenheit.

Aber wir hatten nicht gleich nach dem Dinner eine Gelegenheit, miteinander zu sprechen, weil der Inspektor, der die Untersuchungen leitete, Leo sprechen wollte, während der Portwein noch herumgereicht wurde, und Leo entschuldigte sich.

Allein mit Bathwick, hatten Kingston und ich alle Hände voll zu tun. Er war ein enthusiastischer Neuerer, stellten wir fest. Er sprach mit Leidenschaft über den sanitären Zustand der strohgedeckten Cottages und die Notwendigkeit, Kultur ins Leben des Durchschnittsdorfbewohners zu bringen, wobei er, fand ich, einen bedauernswerten Mangel an Kenntnis der strohgedeckten Cottages wie auch des Durchschnittsdorfbewohners offenbarte, den es, wie jedermann auf dem Land weiß, überhaupt nicht gibt.

Kingston und ich versuchten, ihn davon zu überzeugen, daß der ganze Sinn eines Dorfes darin besteht, eine so zerstreute Gemeinschaft zu bilden, daß in ihr ein Mensch seine Seele sein eigen nennen kann, ohne damit seinen Nachbarn ernsthaft zu belästigen, als Pepper kam, um mich zu Sir Leo in das Jagdzimmer zu bitten.

Ich ging in den hübschen alten Raum im ersten Stock, in dem Leo sich sowohl dem Schreiben wie auch dem Gewehrreinigen mit unparteiischer Begeisterung widmet, und fand ihn an seinem Schreibtisch sitzend. Vor ihm saß ein außerordentlich sympathisch aussehender Mann, der mit Genuß ein Glas Whisky trank. Leo stellte ihn vor.

»Das ist Inspektor Pussey, Campion, mein Junge. Tüchtiger Bursche. Hat den ganzen Tag geschuftet wie ein Nigger.«

Pussey gefiel mir auf Anhieb; er würde jedem gefallen.

Er war mager und gelenkig und hatte eines dieser etwas komischen Gesichter, die gleichzeitig entwaffnend und gewinnend sind, und es war offensichtlich, daß er Leo mit jener amüsierten Mischung aus Zuneigung und Bewunderung betrachtete, die das Fundament der Zusammenarbeit zwischen Mann und Gebieter im ländlichen England bildet.

Als ich das Zimmer betrat, waren beide beunruhigt. Ich ging davon aus, daß die Sache beiden naheging. Es war gewissermaßen Mord auf der heimischen Weide. Aber selbst das war noch nicht alles, stellte ich fest.

»Merkwürdige Sache, Campion«, sagte Leo, als Pepper die Tür hinter mir geschlossen hatte. »Weiß nicht, was ich von alldem halten soll. Pussey versichert mir, daß die Fakten zutreffen, und er ist ein guter Mann. Gibt allen Grund, ihm allemal zu vertrauen.«

Ich wandte mich dem Inspektor zu. Er sah auf selbstbewußte Weise verwirrt aus, fand ich, wie ein Spaniel, der unerwartet einen Fasan apportiert hat. Ich wartete, und Leo bedeutete Pussey weiterzumachen. Pussey lächelte mich entwaffnend an.

»Es ist ein Riesenwunder, Sir«, sagte er, und sein Tonfall war weich und breit. »Scheint, wir haben irgendwo einen Fehler gemacht, aber wo das war, kann ich Ihnen nicht sagen, auch jetzt nicht. Wir, mein Mann und ich, haben den ganzen Tag Leute befragt, und heute abend haben wir sie komplett, wie man sagen könnte.«

»Und keiner außer Sir Leo hat ein glaubhafts Alibi?« fragte ich verständnisvoll. »Ich weiß...«

»Nein, Sir.« Pussey nahm mir die Unterbrechung nicht übel; er begrüßte sie eher. Er hatte eine natürliche Begabung für das Dramatische. »Nein, Sir. Jeder hat sein Alibi, und es sind gute Alibis, Sir. Die Küche war beim Essen zur Zeit des... Unfalls, und alle waren anwesend, sogar der Junge vom Gärtner. Alle anderen im Haus waren entweder in der Halle oder in der Bar, die neben der Halle liegt, und alle haben das Wort von zwei oder drei anderen Gentlemen, die das bestätigen. Es waren keine Fremden im Haus, wenn Sie verstehen, was ich meine, Sir. Alle Gentlemen, die heute morgen zu Miss Bellew kamen, kamen in bestimmter Absicht, könnte man sagen. Sie kannten sich alle gut. Keiner von ihnen hätte verschwinden können und es tun, außer...«

Er hielt inne und wurde sehr rot.

»Außer was?« fragte Leo beunruhigt. »Reden Sie weiter, guter Mann. Halten Sie sich nicht mit Höflichkeitsgesten auf. Wir sind hier unter uns. Außer was?«

Pussey schluckte.

»Außer *all die anderen Gentlemen wußten es*, Sir«, sagte er und ließ den Kopf hängen.

6

Pigs Abgang

Es entstand eine peinliche Pause, verständlicherweise. Pussey hatte seine eigene Kühnheit sprachlos gemacht, ich wahrte die gebotene Zurückhaltung, und Leo schien um Begreifen zu ringen.

»Eh!« sagte er schließlich. »Ein Komplott, eh?«

Pussey schwitzte. »Sieht kaum aus, als ob es so sein könnte, Sir«, murmelte er unglücklich.

»Ich weiß nicht...« Leo sprach abwägend. »Ich weiß nicht, Pussey. Es ist eine Idee. Und doch, verstehen Sie, in diesem Fall konnte es nicht so sein. Sie hätten alle mitmachen müssen, nicht wahr, und *ich war dabei.*«

Es war ein diffiziler Augenblick. Leo sprach einfach und mit jener großartigen Unschuld, die ebenso umwerfend wie blind ist. Pussey und ich seufzten vor Erleichterung. Der alte Junge hatte die zerbrechliche Untermauerung durch Tatsachen beiseitegefegt und uns mit einem unerklärlichen Ereignis zurückgelassen, aber es war die Sache wert.

Leo fuhr fort, über den Fall nachzudenken.

»Nein«, sagte er endlich. »Nein. Unmöglich. Ganz unmöglich. Wir müssen uns etwas anderes einfallen lassen, Pussey. Wir werden uns gemeinsam die Alibis ansehen. Vielleicht gibt es irgendwo ein Hintertürchen; man kann nie wissen.«

Sie machten sich an die Arbeit, und da ich mich nicht in den Aufgabenbereich des Inspektors einmischen wollte, begab ich mich auf die Suche nach Kingston. Ich fand ihn im Salon, zusammen mit Janet und Bathwick, der erstarrte und böse schaute, als ich eintrat. Es ging mir gegen den Strich. Ich bin nicht überempfindlich, glaube ich, aber seine heftige Abneigung versetzte mich in eine peinliche Lage, und nach dem

Prinzip des Schenkens bot ich ihm eine Zigarette an. Er lehnte sie ab.

Kingston war ebenso versessen auf ein Gespräch wie ich und schlug eine Zigarre auf der Terrasse vor. In jedem anderen Salon, möglicherweise mit Ausnahme von Großtante Carolines in Cambridge, hätte ein solcher Vorschlag sich gestelzt oder zumindest museumsreif angehört, aber Highwaters ist so. Die verstorbene Lady Pursuivant hatte ihre Möbel gern vergoldet und große Mengen von Porzellan.

Ich sah, wie Bathwick ihm einen Blick voll hündischer Dankbarkeit zuwarf, was mein Gefühl der Ungerechtigkeit vergrößerte, und Janet funkelte mich über den Kaminvorleger hinweg an.

Wir gingen durch die hohen Türen hinaus auf eine Marmorterrasse, wie man sie heutzutage schöner auch in Hollywood nicht finden kann, und Kingston nahm meinen Arm.

»Hören Sie«, begann er, »dieser Peters ...«

Es versetzte mich Jahre zurück auf das kleine Rasenstück hinter der Kapelle bei der Schule, wo der alte Guffy meinen Arm nahm und die gleichen Worte in genau der gleichen Mischung von Erregung und Empörung äußerte.

»Dieser Peters ...«

»Ja?« sagte ich ermutigend.

Kingston zögerte. »Dies ist eine Art Geständnis«, begann er unvermutet, und ich denke, ich muß ihn angestarrt haben, denn er errötete und lachte. »Oh, ich habe den Kerl nicht beraubt«, sagte er. »Aber ich habe sein Testament für ihn niedergeschrieben. Darüber wollte ich mit Ihnen sprechen. Er kam zu mir, um sich nach einer Blinddarmentzündung zu erholen. Er regelte alles selbst schriftlich, und auf dem Weg hierher erkältete er sich und holte sich eine akute Lungenentzündung, und trotz allem, was ich tat, starb er. Er kam zu mir, weil ich mit meinen Forderungen einigermaßen bescheiden bin. Jemand aus der Gegend habe mich empfohlen, sagte er, und erwähnte einen Mann, den ich flüchtig kannte. Na ja, als er sehr krank war, hatte er einen lichten Augenblick, und er ließ mich kommen und sagte, er wolle sein Testament machen. Ich schrieb es nieder, und er unterzeichnete es.«

Kingston machte eine Pause und ging nervös hin und her.

»Ich erzähle Ihnen das, weil ich von Ihnen weiß«, fuhr er schließlich fort. »Janet hat mir von Ihnen erzählt, und ich weiß, daß Sir Leo Sie bei dieser Harris-Geschichte hinzugezogen hat. Nun, Campion, um die Wahrheit zu sagen, ich habe das Testament ein wenig geändert.«

»Tatsächlich?« fragte ich töricht.

Er nickte. »Natürlich nicht im Inhalt, aber in der Form. Ich mußte es tun. Wie er es diktierte, hörte es sich etwa so an: ›Jenem unsagbaren Schurken und frei herumlaufenden Betrüger, meinem Bruder, geborenem Henry Richard Peters – wie er sich jetzt auch nennen mag –, hinterlasse ich alles, was ich zur Zeit meines Todes besitze, eingeschlossen alles, was nach meinem Tod zu meinem Besitz hinzukommen mag. Ich tue dies nicht, weil ich ihn gern habe, er mir leid tut oder weil ich auf irgendeine Weise Verständnis habe für jedwede Art von schändlichen Geschäften, denen er nachgehen mag, sondern einfach, weil er der Sohn meiner Mutter ist und ich sonst niemanden weiß.‹«

Kingston zögerte und sah mich im Mondlicht ernsthaft an.

»Ich fand es unschicklich«, sagte er. »So etwas kann eine Menge Ärger machen. Darum habe ich den Wortlaut etwas bereinigt. Ich habe einfach deutlich gemacht, daß Mr. Peters alles seinem Bruder hinterlassen wollte, und ließ es dabei. Er unterzeichnete und starb.«

Ein oder zwei Minuten rauchte er schweigend, und ich wartete darauf, daß er weiterredete.

»Als ich Harris sah, erinnerte er mich an jemanden«, sagte er, »und heute abend beim Dinner, als Sie von der Beerdigung damals sprachen, wurde mir klar, an wen. Peters und Harris hatten vieles gemein. Sie waren aus dem gleichen Stoff gemacht, wenn Sie verstehen, was ich meine, und waren vom gleichen Typ. Peters war größer und dicker, aber je länger ich darüber nachdenke, desto größer wird die Ähnlichkeit. Sie sehen, worauf ich hinauswill, Campion? Dieser Harris könnte gut der Bruder des Verstorbenen sein.«

Er lachte reumütig.

»Nachdem ich es jetzt gesagt habe, kommt es mir gar nicht mehr so aufregend vor«, sagte er.

Ich antwortete ihm nicht sofort. Ich wußte ganz genau, daß der Peters im Leichenhaus mein Peters war, und wenn es einen Bruder gab, ging ich davon aus, daß dieser Kingstons Patient gewesen war. Es bestätigte meinen Verdacht, daß Pig, wie es für ihn typisch war, etwas besonders Faules im Sinn gehabt hatte, bevor ihn die Strafe in Form einer Blumenschale ereilte.

»Ich habe das Testament seinem Anwaltsbüro geschickt«, fuhr Kingston fort. »Alle Anweisungen über Beerdigung und so weiter kamen von dort, und sie bezahlten auch meine Rechnung. Ich habe ihre Anschrift zu Hause; Sie können sie haben. Reicht morgen vormittag?«

Ich versicherte ihm, daß das reichen würde, und er sprach weiter.

»Ich war heute morgen, als es geschah, im ›Knights‹«, sagte er, nicht ohne einen gewissen Stolz. »Wir spielten Poker. Ich hatte gewonnen und gerade die Einsätze eingestrichen, als ich den Aufschlag hörte und wir alle hinausliefen. Es war natürlich nichts mehr zu machen. Haben Sie die Leiche gesehen?«

»Ja«, sagte ich. »Ich habe sie mir noch nicht näher angesehen. War das Ihre erste Begegnung mit Harris?«

»Oh, Himmel, nein! Er war die ganze Woche dort. Ich mußte jeden Tag hin, um nach Flossie Gage zu sehen, einem der Hausmädchen. Sie hatte Gelbsucht. Ich habe nicht viel mit Harris gesprochen, weil ... na ja, keiner von uns tat das. Er war ein unangenehmer Bursche. Diese Geschichte mit Bathwick zeigte, was für eine Sorte Mensch er war.«

»Bathwick?«

»Oh, haben Sie das noch nicht gehört?« Kingston begann, mich ins Herz zu schließen. Wie die meisten Landärzte hatte er nichts gegen ein bißchen Klatsch. »Es hat auch seine komische Seite. Bathwick ist eine ernsthafte Person, wie Ihnen vielleicht aufgefallen ist.«

Ich stimmte ihm zu, und er lachte in sich hinein und fuhr hastig fort:

»Harris sprach von einem Tanzlokal und einem Badestrand, die er auf dem Stück Land anlegen wollte, das bis zum Bach an der anderen Seite des Kricketplatzes hinunterführt. Bathwick hörte davon und war entsetzt. Es paßte nicht zu seiner eigenen Vorstellung von Kepesakes Entwicklung, die mehr in Richtung Wohlfahrt liegt – Gemeinschaftsküchen und Kinderkrippen und so weiter. Er begab sich in panischer Hast ins Hotel, um Harris zu sprechen, und ich glaube, es gab eine Riesenszene. Harris hatte einen gewissen Sinn für Humor und machte sich ein Vergnügen daraus, den armen Bathwick aufzuziehen – der keinen Sinn für Humor hat. Sie waren in der Halle in den Knights, und Bill Duchesney und ein oder zwei Leute mehr waren auch da, und so hatte Harris ein Publikum und ließ sich gehen. Bill sagte mir, daß Bathwick schließlich mit hervorquellenden Augen davonlief. Harris hatte ihm Huris für das Tanzlokal und geheime Spielkasinos und Gott weiß was noch versprochen, bis der arme Bursche seinen Traumbauern aus dem kirchlichen Krankenhaus auf der einen Straßenseite direkt in den Rachen der Hölle auf der anderen marschieren sah. Bill versuchte, den Vikar zu besänftigen, glaube ich, sagte aber, Bathwick sei vor Angst von Sinnen und bis ins Innerste verstört gewesen. Sie sehen, was für eine Person Harris war. Er protzte gern. Er hatte keine Veranlassung, den armen Bathwick zu quälen, der ein netter Kerl sein könnte, wenn er nicht so todernst wäre. Aber darum geht es nicht. Die Frage ist, wer hat Harris getötet? Ich bringe morgen früh gleich als erstes den Namen dieses Anwalts und was ich noch an Papieren finden kann, herunter, in Ordnung?«

»Das wäre wirklich nett«, sagte ich und bemühte mich, nicht zu ungeduldig zu erscheinen. »Danke, daß Sie mir das erzählt haben.«

»Keine Ursache. Ich wünschte, ich könnte wirklich helfen. Es geschieht so selten etwas hier unten.« Er lachte verlegen. »Das klingt ein bißchen naiv, nicht?« murmelte er. »Aber Sie können sich nicht vorstellen, wie langweilig das Land für einen einigermaßen intelligenten Menschen ist, Campion.«

Wir gingen zurück in den Salon. Janet und Bathwick hörten Radio, aber Janet stand auf und schaltete es ab, als wir hereinkamen, und Bathwick seufzte hörbar bei meinem Anblick.

Nach einer Weile schaute Leo herein, war aber offensichtlich in Gedanken verloren und entschuldigte sich bald darauf. So war es nicht verwunderlich, daß die Party sich früh auflöste. Kingston fuhr nach Hause und nahm den widerstrebenden und vor sich hin brütenden Geistlichen mit, und Janet und ich wanderten hinaus auf die Terrasse. Es war warm und mondhell und recht exotisch, mit den duftenden Kletterpflanzen im Garten unter uns und Nachtigallen in der Stechpalme.

»Albert...« sagte Janet.

»Ja?«

»Du hast ein paar sehr sonderbare Freunde, nicht wahr?«

»Oh, in der Schule lernt man alle möglichen Leute kennen«, sagte ich abwehrend, mit den Gedanken noch bei Peters. »Es ist, als ob man einen Haufen Eier kennt. Man kann nicht wissen, aus welchem sich etwas eindeutig Unangenehmes entwickelt.«

Sie holte tief Luft, und ihre Augen glitzerten in dem schwachen Licht.

»Ich wußte nicht, daß du eine gemischte Schule besucht hast«, sagte sie und warf mir einen vernichtenden Blick zu. »Das erklärt vieles, nehme ich an.«

»In gewisser Weise«, stimmte ich sanft zu. »Ich kann mich

an Miss Marshall erinnern. Eine erstklassige Schulleiterin. Wirklich ein kleiner Teufelskerl auf dem Hockeyfeld. Und was für ein Satan, wenn es um Strafarbeiten ging. Was für ein kleiner Wirbelwind mit der Rute.«

»Halt die Klappe«, sagte Janet ohne jedes Verständnis. »Wie gefällt dir Bathwick?«

»Ein netter Bursche«, sagte ich pflichtbewußt. »Wo wohnt er?«

»Im Pfarrhaus, gleich hinter dem ›Knights‹. Warum?«

»Hat er einen hübschen Garten?«

»Ganz nett. Warum?«

»Grenzt sein Garten an den Garten des ›Knights'‹?«

»Der Garten des Pfarrhauses geht bis zum Kastanienwäldchen hinter Poppys Grundstück. Warum?«

»Ich kenne gern den Hintergrund eines Mannes«, sagte ich. »Er ist sehr interessiert an dir, nicht?«

Sie antwortete nicht, und ich vermutete, daß sie die Frage für geschmacklos hielt. Zu meinem Erstaunen fühlte ich sie neben mir zittern.

»Albert«, sagte sie mit leiser Stimme, »weißt du, wer diesen scheußlichen Mord begangen hat?«

»Nein, noch nicht.«

»Glaubst du, daß du es herausfinden wirst?« Sie flüsterte fast.

»Ja«, sagte ich. »Ich werde es herausfinden.«

Sie legte ihre Hand in meine. »Leo mag Poppy sehr gern«, murmelte sie.

Ich hielt ihre Hand fest umschlossen. »Leo hat ebensowenig Ahnung, wer Harris umgebracht hat, wie ein ungeborenes Kind«, sagte ich.

Sie begann wieder zu zittern. »Das macht es schlimmer, nicht wahr? Es wird ein so schrecklicher Schock für ihn sein, wenn er ... wenn er es erfahren muß.«

»Poppy?« fragte ich.

Janet klammerte sich an meinen Arm. »Sie würden ihr alle

den Rücken decken, nicht wahr?« sagte sie mit unsicherer Stimme. »Sie hat schließlich am meisten zu verlieren. Geh wieder zurück nach London, Albert. Gib es auf. Finde es nicht heraus.«

»Vergiß es«, sagte ich. »Vergiß es für den Augenblick.«

Wir gingen schweigend ein Stück weiter. Janet trug ein blaues Kleid, und ich sagte ihr, daß es mir gefalle. Sie trug auch das Haar in einem Knoten im Nacken, und ich sagte, daß mir das ebenfalls gefalle.

Dann machte sie mir ein Kompliment. Sie sagte, ich sei ein außerordentlich wahrheitsliebender Mensch, und es tue ihr leid, daß sie meine Worte in einer gewissen Angelegenheit am Nachmittag angezweifelt habe.

Ich vergab ihr bereitwillig, um nicht zu sagen enthusiastisch. Wir kehrten zu den hohen Türen zum Salon zurück und hatten gerade beschlossen, doch noch nicht hineinzugehen, als etwas ebenso Unvorhergesehenes wie Bedauerliches geschah. Pepper kam auf die Terrasse, leicht schnaufend. Er bitte um Verzeihung, sagte er, aber eine Miss Effie Rowlandson sei gekommen, um Mr. Campion zu sprechen, und er habe sie ins Frühstückszimmer geführt.

7

Die Freundin

Während ich Pepper durch das Haus folgte, wagte ich es, ihn zu befragen.

»Wie sieht sie aus, Pepper?«

Er drehte sich um und warf mir einen Blick zu, der klar zum Ausdruck brachte, daß er ein alter Mann sei, ein erfahrener Mann, und daß niemand ihm Sand in die Augen streuen könne.

»Die junge Dame teilte mir mit, Sir, daß sie eine gute Freundin von Ihnen sei, und aus diesem Grund erlaube sie sich, Ihnen so spät einen Besuch zu machen.« Mit seiner trauervollen Stimme deutete er an, daß der Tadel ihm ebenso weh tat wie mir. Er öffnete die Tür zum Frühstückszimmer.

»Juhu!« sagte jemand im Zimmer.

Pepper zog sich zurück, und Miss Effie Rowlandson stand auf, um mich zu begrüßen.

»O-oh!« sagte sie und klapperte mit den Wimpern, »Sie sind doch nicht wirklich ehrlich böse, oder?«

Ich fürchte, ich sah sie verständnislos an. Sie war *petite*, blond und mädchenhaft, mit strahlenden Augen und Zähnen wie aus der Zahnpastawerbung. Sie war ganz in Schwarz, mit Ausnahme einer langen weißen Feder an ihrem Hut, und der allgemeine Eindruck lag irgendwo zwischen Hamlet und Aladin.

»O-oh, Sie erinnern sich nicht an mich«, sagte sie. »O-oh, wie schrecklich von mir herzukommen! Ich war überzeugt, Sie würden sich an mich erinnern. Ich bin eine alberne kleine Närrin, nicht wahr?«

Sie vermittelte den Eindruck, daß ich eine Art Scheusal sei, sie mir aber keine Vorwürfe mache – so sei das Leben.

»Vielleicht haben Sie den falschen Mann erwischt?« schlug ich hilfsbereit vor.

»O-oh nein ...« Wieder klapperten die Wimpern. »Ich erinnere mich an Sie – bei der Beerdigung, wissen Sie noch?« Bei den letzten Worten senkte sie schamhaft die Stimme.

Plötzlich sah ich sie wieder vor mir. Sie war das Mädchen bei Peters' Beerdigung. Warum ich sie vergessen hatte und mich an den alten Mann erinnerte, weiß ich nicht, außer daß ich das Gefühl hatte, sie sei nicht eine Person, die man anstarren sollte.

»Ach, ja«, sagte ich langsam. »Jetzt erinnere ich mich.«

Sie klatschte in die Hände und quiekte entzückt.

»Ich wußte, daß Sie sich erinnern würden. Fragen Sie nicht, warum, aber ich wußte es einfach. So geht es mir manchmal. Manche Dinge weiß ich einfach.«

An dieser Stelle kam unser Gespräch zu einem abrupten Stillstand. Ich war nicht in bester Form, und sie stand da und sah mich an, mit einem überraschend pfiffigen Ausdruck in den hellgrauen Augen.

»Ich wußte, daß Sie mir helfen würden«, sagte sie schließlich.

Ich war noch fester überzeugt, daß ich nicht der war, den sie suchte, und überlegte, wie ich ihr das klarmachen sollte, als sie eine erstaunliche Erklärung abgab.

»Er trampelte auf mir herum«, sagte sie. »Ich weiß nicht, wann ich mich je so in einem Mann geirrt habe. Aber ein Mädchen macht schließlich mal Fehler, nicht wahr, Mr. Campion? Ich sehe ein, daß ich einen Fehler gemacht habe, als ich sagte, ich sei eine alte Freundin von Ihnen, wo wir uns doch nur einmal begegnet sind – oder in Wirklichkeit nur einmal angeblickt haben. Das weiß ich jetzt. Ich werde es nicht wieder tun.«

»Miss Rowlandson«, sagte ich, »warum sind Sie gekommen? Ich ... hm ... ich habe ein Recht, das zu erfahren«, fügte ich bestimmt hinzu, um meine Rolle weiterzuspielen.

Sie starrte mich an. »O-oh, Sie sind *hart*, nicht?« sagte sie. »Alle Männer sind hart, nicht? Aber sie sind nicht alle wie er. O-oh, er war hart! Aber ich sollte nicht so über ihn reden«, fügte sie in einem völlig unüberzeugenden Versuch tapferer Zurückhaltung hinzu, »wenn er doch tot ist – *wenn* er tot ist. Ist er tot?«

»Wer?«

Sie kicherte. »Sie sind vorsichtig, nicht? Sind alle Detektive vorsichtig? Ich mag es, wenn ein Mann vorsichtig ist. Roly Peters natürlich. Ich nannte ihn Pummelchen. Dann wurde er immer böse. Sie können sich nicht vorstellen, wie böse ihn das machte. Armes Pummelchen! Es ist schlecht, über ihn zu lachen, wenn er tot ist – *wenn* er tot ist. Wissen Sie es?«

»Mein liebes Mädchen«, sagte ich. »Wir waren auf seiner Beerdigung, oder?«

Vermutlich sprach ich in scharfem Ton, denn ihr Verhalten änderte sich. In unechter Würde setzte sie sich und zog ihren kurzen schwarzen Rock sorgfältig über ihre dünnen Beine.

»Ich bin gekommen, um Sie um Rat zu fragen, Mr. Campion«, sagte sie. »Ich lege alle Karten auf den Tisch. Ich möchte wissen, ob Sie mit dieser Beerdigung zufrieden waren.«

»Ich hatte nicht viel damit zu tun«, entgegnete ich etwas erstaunt.

»Oh, hatten Sie nicht? Warum waren Sie dann dort? Das hat gesessen, was? Ich sage offen heraus, was ich denke, Mr. Campion, und ich möchte eine offene Antwort. Etwas stimmte nicht mit der Beerdigung, und Sie wissen es.«

»Hören Sie mal«, sagte ich, »ich bin durchaus bereit, Ihnen zu helfen. Was halten Sie davon, wenn Sie mir verraten, warum Sie denken, ich könnte Ihnen helfen.«

Sie sah mich standhaft an. »Sie haben eine gute Schule besucht, nicht wahr? Ich finde immer, es hilft einem Mann, wenn er eine gute Schule besucht hat. Dann *weiß* man, daß er ein Gentleman ist, das sage ich immer. Gut, ich werde Ihnen vertrauen. Das tue ich nicht oft. Und wenn Sie mich enttäuschen, nun, dann war ich wieder dumm, das ist alles. Ich war mit Roly Peters verlobt, Mr. Campion, und dann hatte er nichts Besseres zu tun, als in ein zweifelhaftes Pflegeheim zu gehen und zu sterben und all sein Geld seinem Bruder zu hinterlassen. Wenn Sie das nicht für verdächtig halten, ich tu's.«

Ich zögerte: »Sie halten es für merkwürdig, weil er seinem Bruder alles hinterließ?« begann ich.

Effie Rowlandson unterbrach mich.

»Ich finde es komisch, daß er überhaupt gestorben ist, wenn Sie mich fragen«, sagte sie. »Ich hatte ihm mit dem Anwalt gedroht, wirklich. Ich hatte die Briefe und alles.«

Ich sagte nichts, und sie errötete heftig.

»Denken Sie über mich, was Sie wollen, Mr. Campion«, sagte sie, »aber ich habe auch Gefühle, und ich habe schwer gearbeitet, um zu heiraten. Ich finde, er hat mich gemein behandelt. Wenn er sich versteckt, werde ich ihn finden, und wenn es das letzte ist, was ich tue.«

Sie sah mich an wie ein plötzlich streitsüchtiger Spatz.

»Ich bin zu Ihnen gekommen«, sagte sie, »weil ich gehört habe, daß Sie Detektiv sind und weil mir Ihr Gesicht gefiel.«

»Fein! Aber warum kommen Sie hierher?« wollte ich wissen. »Warum kommen Sie ausgerechnet nach Kepesake?«

Effie Rowlandson holte tief Luft. »Ich werde Ihnen die Wahrheit sagen, Mr. Campion«, erwiderte sie.

Wieder klapperte sie mit den Wimpern, und ich hatte das Gefühl, die kurze Periode offener Worte sei beendet.

»Ich habe einen Freund in diesem Dorf, und er hat meine Fotos von Roly Peters gesehen. Es ist ein alter Mann, den ich seit Jahren kenne.«

Sie machte eine Pause und musterte mich, um festzustellen, ob ich für sie oder gegen sie war, und offensichtlich war sie beruhigt, denn sie fuhr fort:

»Vor ein paar Tagen schrieb er mir, dieser Freund von mir.

›Es ist hier jemand im Dorf, der einem Freund von dir sehr ähnlich sieht‹, schrieb er. ›An deiner Stelle würde ich herkommen und ihn mir mal ansehen. Es könnte sich lohnen.‹ Ich machte mich auf den Weg, so schnell ich konnte, und als ich hier ankam, stellte ich fest, daß der Mann, den ich mir ansehen wollte, heute morgen umgebracht worden ist. Ich hörte, daß Sie im Dorf seien, und darum kam ich her.«

Allmählich begann ich, sie zu verstehen. »Sie möchten ihn identifizieren?« fragte ich.

Sie nickte entschlossen.

»Warum kommen Sie zu mir? Warum gehen Sie nicht zu den zuständigen Behörden?«

Ihre Antwort war entwaffnend. »Na ja, sehen Sie, ich hatte das Gefühl, ich kenne Sie«, sagte sie.

Ich überlegte. Die Vorteile, zu diesem Zeitpunkt einen Zeugen zu haben, waren von unschätzbarem Wert.

»Wann können Sie beim Polizeirevier sein?«

»Ich würde gern jetzt gehen.«

Es war spät für die Gegend, und das sagte ich ihr, aber sie war unnachgiebig.

»Ich habe mich entschlossen, es zu tun, und ich werde nicht schlafen können, wenn es bis morgen über mir hängt. Bringen Sie mich jetzt in Ihrem Auto hin. Ich weiß, daß ich eine Plage bin, nicht? Aber so bin ich. Wenn ich mich zu etwas entschlossen habe, mache ich mir Sorgen, bis ich es getan habe. Bis morgen würde ich krank vor Sorgen sein, wirklich.«

Es war nichts zu machen. Ich wußte aus Erfahrung, daß es am besten ist, einen Zeugen festzuhalten, sobald er auftaucht.

Ich läutete und sagte dem Mädchen, das kam, Lugg solle mit dem Wagen vorfahren. Dann ließ ich Miss Rowlandson im Frühstückszimmer zurück und machte mich auf die Suche nach Janet.

Es war kein sehr angenehmes Gespräch. Janet ist ein liebes Mädchen, aber sie kann sehr begriffsstutzig sein. Als sie sich zum Schlafen zurückzog, was sie mit einer gewissen Würde tat, kurz nachdem ich sie gefunden hatte, ging ich wieder ins Frühstückszimmer.

Lugg schien etwas überrascht, als ich mit Miss Rowlandson auftauchte. Ich brachte sie auf dem Hintersitz unter und setzte mich nach vorn neben Lugg. Er kuppelte, und als wir im vierten Gang die Auffahrt hinunterdonnerten, beugte er sich zu mir.

»Schon mal eine Katze aus einem Hundezwinger kommen sehen?« murmelte er, und als ich ihn anstarrte, fügte er hinzu: »Erschreckt einen 'n bißchen. Das ist alles.«

Wir fuhren schweigend weiter. Allmählich gewann ich den Eindruck, daß meine Freundin, Miss Effie Rowlandson, sich als verantwortungsvolle Aufgabe erweisen würde.

Es war eine seltsame Nacht mit einem großen Mond, der über einen unendlichen Himmel seine Bahn zog. Kleine, eigenartig geformte Bänke von Kumuluswolken segelten dann und wann an ihm vorbei, doch meistens schimmerte er so glatt und kahl wie der Knauf eines Messingbetts.

Kepesake, tagsüber ein ausgesprochen malerisches Dorf, sah in dem falschen Licht geheimnisvoll aus. Die hohen Bäume waren dunkel und unergründlich und verbargen die kleinen Häuser, und der rechteckige Turm der Kirche sah vor dem durchsichtigen Himmel gedrungen und drohend aus. Es war ein verschwiegenes Dorf, das wir bei dem für mein Empfinden recht scheußlichen Unternehmen durchquerten.

Als wir vor dem kleinen Haus hielten, das auch das Polizeirevier ist, brannte nur ein einziges Licht in einem der oberen Zimmer, und ich beugte mich über die Rückenlehne nach hinten.

»Sind Sie sicher, daß Sie nicht lieber bis morgen früh warten wollen?«

Sie antwortete mit zusammengebissenen Zähnen. »Nein, Mr. Campion, vielen Dank. Ich habe mich entschlossen, es hinter mich zu bringen. Ich muß es wissen.«

Ich ließ sie im Wagen zurück und ging den Weg zum Haus

hinunter, um jemanden zu wecken. Pussey selbst kam beinahe sofort heraus und war außerordentlich entgegenkommend, wenn man bedenkt, daß er gerade im Begriff gewesen war, zu Bett zu gehen. Aus Rücksicht auf die Dunkelheit unterhielten wir uns im Flüsterton.

»Das geht in Ordnung, Sir«, erwiderte er auf meine Entschuldigung. »Wir brauchen ein bißchen Unterstützung in dieser Geschichte, und das ist wahr, das ist wirklich wahr. Wenn die Dame uns etwas über den Verstorbenen sagen kann, dann ist es mehr, als der Vermieter seiner Wohnung in London kann. Hier entlang, Sir, wenn es Ihnen recht ist.«

Ich holte die anderen, und zusammen bildeten wir eine traurige kleine Prozession auf dem Kiesweg, der nach hinten zum Hof hinter dem Haus führte. Pussey schloß das Tor auf, und wir gingen über den sauberen kleinen Hof zu dem schiefergedeckten Schuppen, der wie der Schulraum eines kleinen Dorfes aussah, es aber nicht war.

Ich nahm Effie Rowlandsons Arm. Sie zitterte, und ihre Zähne schlugen aufeinander, aber sie war eine Person von bemerkenswerter Tapferkeit.

Pussey benahm sich wie der Takt in Person. »Innen gleich neben der Tür ist ein Lichtschalter«, sagte er. »So, Miss, da ist nichts, was Sie schockieren könnte. Einen Augenblick, Sir; ich geh voran.«

Er schloß die Tür auf, und wir standen zusammengedrängt auf der steinernen Türschwelle. Pussey schaltete das Licht an.

»So«, sagte er, und einen Augenblick später gab er ein schluckendes Geräusch von sich, in dem Ungläubigkeit und Bestürzung sich mischten. Der Raum war so, wie ich ihn nachmittags gesehen hatte, mit einer verblüffenden Neuerung. Der Tisch in der Mitte war leergeräumt. Das Baumwollaken lag auf dem Boden, ausgebreitet, als hätte ein nachlässiger Aufsteher es beiseitegeworfen.

Pig Peters war verschwunden.

8

Die Räder drehen sich

Es entstand eine lange unbehagliche Pause. Noch einen Moment zuvor hatte ich Pigs Umriß unter dem Baumwolltuch deutlich vor meinem inneren Auge gesehen. Jetzt war das Bild so erbarmungslos zerrissen, daß ich mir wie geistig gestrandet vorkam. Der Raum war sehr kalt und still. Lugg trat gewichtig vor.

»Is die verdammte Leiche jetzt verlorengegangen?« verlangte er zu wissen, und er sprach so aufsässig, daß ich wußte, er war aus dem Gleichgewicht gebracht. »Verflixt noch mal, Inspektor, ich hoff bloß, Ihr Helm is unter Verschluß.«

Pussey stand da und schaute auf den leergeräumten Tisch hinunter, und sein freundliches Bauernjungengesicht war blaß.

»Das ist eine erstaunlich komische Sache«, begann er und sah sich in dem schlecht beleuchteten kahlen kleinen Raum um, als erwarte er an den leeren Wänden eine Erklärung für das Geheimnis.

Es war ein bestürzender Augenblick, die Nacht so still, der Raum so leer und das beschmutzte Leichentuch auf dem Boden.

Pussey hätte wieder etwas gesagt, wenn Effie Rowlandson nicht eine große Szene gemacht hätte. Ihr Mut hatte sie völlig verlassen; sie riß sich von mir los, warf den Kopf zurück und begann zu schreien, den Mund in ein o des Entsetzens verzerrt. Es war nervenaufreibend, und ich packte sie an den Schultern und schüttelte sie so heftig, daß ihre Zähne klapperten.

Es ließ sie natürlich verstummen. Ihr letzter Schrei brach in der Mitte ab, und sie sah zornig zu mir auf.

»Hören Sie auf!« sagte ich. »Wollen Sie das ganze Dorf wecken?«

Sie hob die Hände, um mich wegzustoßen.

»Ich habe Angst«, sagte sie. »Ich weiß nicht, was ich tue. Was ist mit ihm geschehen? Sie haben gesagt, er sei hier. Ich wollte mir ihn ansehen, und jetzt ist er nicht mehr da.«

Sie begann geräuschvoll zu weinen. Pussey sah erst sie, dann mich an.

»Vielleicht wäre es das beste, wenn die junge Dame nach Hause ginge«, schlug er verständnisvoll vor.

Miss Rowlandson klammerte sich an mich. »Lassen Sie mich nicht allein«, sagte sie. »Ich gehe nicht im Dunklen ins ›Feathers‹ hinunter. Das werde ich nicht tun, ich sag's Ihnen, ich werd's nicht tun! Nicht, solange er sich noch in der Gegend herumtreibt, *lebendig*!«

»Es ist ja gut«, setzte ich besänftigend an. »Lugg wird Sie hinfahren. Es gibt keinen Grund, sich zu ängstigen. Es hat ein Mißverständnis gegeben. Die Leiche ist an einen anderen Ort gebracht worden. Vielleicht hat das Beerdigungsinstitut...«

Pussey hob den Kopf, als er das letzte Wort hörte.

»Nein«, sagte er. »Die waren vor einer Stunde hier, ich hab nämlich zugesehen.«

Effie begann wieder zu weinen. »Ich fahre nicht mit ihm«, sagte sie. »Ich fahre mit niemandem außer Ihnen. Ich habe Angst. Sie haben mir das eingebrockt. Sie müssen mich da rausholen. Bringen Sie mich nach Hause! Bringen Sie mich nach Hause!«

Sie machte einen erstaunlichen Lärm, und Pussey sah mich flehentlich an.

»Wenn Sie die junge Dame vielleicht runterfahren würden, Sir«, schlug er zaghaft vor, »es würde die Dinge hier erleichtern, gewissermaßen. Ich rufe lieber sofort Sir Leo an.«

Ich warf Lugg einen bittenden Blick zu, aber er vermied es, mich anzusehen, und Miss Rowlandson lehnte den Kopf tränenüberströmt an meine Schulter.

Die Situation glich in ihrer Unwirklichkeit und dem ganzen Unbehagen einem Alptraum. Außerhalb des Schuppens lag der Hof gespensterhaft in dem fahlen Licht. Es war heiß, und es kam von nirgendwo ein Windhauch. Effie zitterte so heftig, daß ich dachte, sie würde zusammenbrechen.

»Ich bin gleich wieder da«, sagte ich zu Pussey und hastete mit ihr den Kiespfad hinunter zum wartenden Wagen.

Das Gasthaus ›Feathers‹ befindet sich am anderen Ende des Dorfes. Es steht für sich auf einem Hügel und hat den Ruf, über das beste Bier, wenn auch vielleicht nicht über die beste Unterkunft in der Nachbarschaft zu verfügen.

Effie Rowlandson kletterte auf den Vordersitz, und als ich neben ihr einstieg, rutschte sie, immer noch weinend, dicht an mich heran.

»Ich hatte einen Schock«, schniefte sie. »Ich hatte mich darauf eingestellt, und dann war es nicht nötig. Das war das eine. Dann wurde mir klar, daß Roly aus eigener Kraft weggelaufen ist. Sie kannten Roly Peters nicht so gut wie ich, Mr. Campion. Als ich erfuhr, daß er ermordet worden sei, habe ich es nicht wirklich geglaubt. Er war gerissen, und er war grausam. Er versteckt sich irgendwo.«

»Heute nachmittag war er tot«, sagte ich brutal. »Sehr tot. Und da heutzutage keine Wunder mehr geschehen, ist er vermutlich immer noch tot. Es gibt keinen Grund, sich so aufzuregen. Es tut mir leid, daß Sie eine so üble Erfahrung machen mußten, aber es gibt wahrscheinlich eine ganz einfache Erklärung für das Verschwinden der Leiche.«

Ich war etwas entsetzt über meinen eigenen verdrossenen Ton. Dem Vorfall haftete etwas sehr Beunruhigendes an. Die Nichtfaßbarkeit des toten Pig wurde allmählich unlogisch und beängstigend.

Als wir aus dem Dorf auf den Streifen Heideland kamen, der in dem kalten geheimnisvollen Licht stumm und verlassen dalag, erschauderte Effie.

»Ich bin nicht sehr phantasiereich, Mr. Campion«, sagte sie,

»aber man liest von komischen Dingen, die passieren, nicht? Stellen Sie sich vor, er erhebt sich hinter einem von diesen Steinwällen neben der Straße und kommt auf uns zu...«

»Halten Sie den Mund«, sagte ich, noch heftiger, als ich es beabsichtigt hatte. »Wenn Sie so weitermachen, bekommen Sie noch einen Anfall, mein Kind. Ich versichere Ihnen, daß es für all dies eine vollkommen natürliche Erklärung gibt. Wenn Sie ins ›Feathers‹ kommen, lassen Sie sich etwas Heißes zu trinken geben und gehen zu Bett. Sie werden feststellen, morgen früh hat sich das Geheimnis aufgeklärt.«

Sie rückte von mir ab. »Oh, Sie sind hart«, sagte sie, zu ihrem früheren Verhalten zurückkehrend. »Ich habe ja gesagt, daß Sie hart sind. Ich mag harte Menschen, ehrlich.«

Ihre blitzschnellen Stimmungswechsel brachten mich aus der Fassung, und ich war froh, als wir vor dem Gasthaus anhielten. Die schöne alte Vorderfront aus Lattenwerk und Putz lag im Dunkeln, eigentlich nicht überraschend, denn es war fast Mitternacht.

»Welche Tür ist es?« erkundigte ich mich.

»Die, an der Klubzimmer steht. Wahrscheinlich ist sie abgeschlossen.«

Ich ließ sie im Wagen zurück und klopfte an die genannte Tür. Eine Weile regte sich nichts, und ich wurde ungeduldig wegen der Verzögerung, als ich von innen eine verstohlene Bewegung hörte. Ich klopfte wieder, und diesmal wurde die Tür geöffnet.

»Hören Sie, Sie kommen schrecklich spät«, sagte die letzte Stimme, die ich erwartet hätte, und ausgerechnet Gilbert Whippet streckte sein blasses Gesicht heraus in das Mondlicht.

Ich starrte ihn an, und er hatte den Anstand, vage beunruhigt über meinen Anblick zu scheinen.

»Oh... hm... Campion«, sagte er. »Hallo! Furchtbar spät, nicht wahr?«

Er zog sich schon in die dunkle Höhle des Eingangs zurück, als ich mich zusammennahm.

»He«, sagte ich und packte ihn am Ärmel. »Halt mal, Whippet, wo willst du hin?«

Er leistete keinen Widerstand, machte aber auch keine Anstalten, ans Licht herauszutreten. Außerdem hatte ich das Gefühl, wenn ich ihn losließe, würde er leise im Hintergrund untertauchen.

»Ich wollte ins Bett«, murmelte er, als Antwort auf meine Frage. »Ich hörte das Klopfen, da habe ich die Tür aufgemacht.«

»Du bleibst und sprichst mit mir«, befahl ich. »Was machst du hier überhaupt?«

Ich hörte, wie sich unwillkürlich der alte tadelnde Ton wieder in meine Stimme einschlich. Whippet ist so ungeheuer vage, daß er einen zu einer ungewohnten Direktheit zwingt.

Er antwortete nicht, und ich wiederholte meine Frage.

»Hier?« sagte er und schaute auf das Gasthaus. »O ja, ich wohne hier. Nur für einen oder zwei Tage.«

Er brachte einen zur Weißglut, und ich vergaß das Mädchen völlig, bis ich ihre Schritte hinter mir hörte.

»Mr. Whippet«, setzte sie atemlos an, »er ist verschwunden! Die Leiche ist verschwunden! Was sollen wir tun?«

Whippet wandte seine blassen Augen zu ihr, und ich meinte, in dem Blick eine Warnung zu entdecken.

»Ah, Miss Rowlandson«, sagte er. »Sie waren aus? Sie kommen spät, nicht wahr?«

Ich war froh, daß sie nicht auch noch Theater spielte.

»Die Leiche ist verschwunden«, wiederholte sie. »Roly Peters' Leiche ist verschwunden.«

Diesmal schien die Mitteilung einzusinken. Einen Moment lang sah Whippet ausgesprochen intelligent aus.

»Verlorengegangen?« sagte er. »Oh! ... Lästig. Verzögert die Dinge so.«

Seine Stimme verlor sich, und plötzlich schüttelte er mir die Hand.

»Freut mich, daß ich dich wiedergesehen habe, Campion. Ich schau irgendwann mal bei dir rein. Hm ... gute Nacht.«

Er trat in den Eingang zurück, und Effie folgte ihm. Mit großer Geistesgegenwart stellte ich den Fuß in die Tür.

»Hör mal, Whippet«, sagte ich, »wenn du uns in dieser Angelegenheit helfen kannst, oder wenn du etwas weißt, rückst du besser raus damit. Was weißt du überhaupt über Peters?«

Er blinzelte mich an.

»Oh... nichts. Ich wohne hier nur. Ich habe natürlich das Gerede gehört...«

Ich packte ihn wieder am Ärmel, als er sich gerade entfernen wollte.

»Du hast einen von diesen Briefen bekommen«, sagte ich. »Hast du noch weitere erhalten?«

»Über den Maulwurf? Ja. Ja, tatsächlich habe ich noch einen bekommen, Campion. Ich muß ihn irgendwo haben. Ich habe ihn Miss Rowlandson gezeigt. Ich muß schon sagen, es ist außerordentlich unangenehm, daß ihr die Leiche verloren habt. Habt ihr schon im Fluß nachgesehen?«

Die Frage kam so unerwartet, daß ich unangebracht verärgert reagierte.

»Warum in aller Welt im Fluß?« fragte ich. »Weißt du etwas?«

In meiner Aufgeregtheit muß ich ihn fester gepackt haben, als es meine Absicht war, denn plötzlich schüttelte er meine Hand ab.

»Ich würde im Fluß nachsehen«, sagte er. »Ich meine, es ist so naheliegend, nicht?«

Er trat zurück und schloß die Tür hinter sich und Miss Rowlandson. Aber ich hatte immer noch meinen Fuß dazwischen, und er öffnete sie wieder. Es schien ihm peinlich zu sein.

»Es ist schrecklich spät«, sagte er. »Ich möchte nicht unhöflich sein, Campion. Ich werde dich morgen aufsuchen, wenn ich darf, aber es hat keinen Sinn, daß du irgend etwas unternimmst, bevor ihr die Leiche gefunden habt, oder?«

Ich zögerte. In vielem hatte Whippet recht. Ich brannte darauf zurückzufahren, und doch gab es offensichtlich vieles, was er erklären konnte. Was um alles in der Welt hatte er mit Effie Rowlandson zu tun, zum Beispiel?

Mit diesem Zögern war ich verloren. Er trat vor, und als ich mich unwillkürlich zurückbewegte, wurde mir die Tür sanft, fast höflich, vor der Nase zugeschlagen.

Ich beschimpfte ihn, aber ich beschloß, daß er warten könne. Ich lief zurück zum Auto und wendete. Während ich hinunter zum Polizeirevier raste, versuchte ich, Whippets Wiederauftauchen mit der ganzen geheimnisvollen Geschichte in Einklang zu bringen.

Ich legte die halbe Meile in etwas unter einer Minute zurück, und als ich vor Pusseys Haus anhielt, fuhr im gleichen Augenblick ein anderer Wagen aus der entgegengesetzten Richtung vor. Ich stieg aus und erkannte Leos seriösen Humber. Pepper junior fuhr, und Leo rief mir vom Rücksitz her zu:

»Sind Sie es, Campion? Höchst sonderbare Geschichte! Pussey hat mir's am Telephon erzählt.«

Ich ging zu seinem Wagen und öffnete die Tür.

»Kommen Sie mit, Sir?« fragte ich.

»Ja, mein Junge, ja. Hätte schon früher hier sein sollen, aber ich hab Bathwick noch aufgelesen. Scheint auf dem Nachhauseweg von uns heute abend einen kleinen Unfall gehabt zu haben.«

Während er sprach, griff er mit der Hand nach oben und schaltete das Licht an, und ich starrte hinunter in das blasse, verlegene Gesicht von Vikar Philip Smedley Bathwick, der mich mit wenig charakteristischer Freundlichkeit anlächelte. Er war klatschnaß. Sein Smoking klebte an ihm, und sein hoher Kragen war ein durchweichter Lappen.

»War im Fluß, sagt er«, berichtete Leo.

9

»Und auch Ihnen einen wunderschönen Tag, Sir!«

»Im Fluß?« wiederholte ich, und Whippets idiotische Bemerkung kam mir wieder in den Sinn. »Tatsächlich?«

Bathwick kicherte. Es war ein ausschließlich nervöses Kichern, aber Leo blickte ihn finster an.

»Nun, das nicht«, sagte Bathwick. »Ich wollte eine Abkürzung über die Salzmarsch benutzen und bin dabei in einen der Kanäle gestolpert. Ich war ohne Taschenlampe gekommen. Ich machte mich auf den Weg zurück zur Straße, und Sir Leo war so freundlich, mich mitzunehmen.«

Angesichts des Mondlichts war es eine phantastische Geschichte; es war so hell, daß man fast Farben unterscheiden konnte, und ich dachte, daß Leo das sehen müsse. Aber sein Verstand ist einspurig. Sein einziger Wunsch war, zurück zum Ort des Verschwindens zu gelangen.

»Nicht so wichtig, nicht so wichtig. Sie werden jetzt bald zu Hause sein«, sagte er. »Pepper wird Sie hinbringen. Machen Sie sich einen heißen Grog. Wickeln Sie sich in eine Decke, und Ihnen wird nichts passieren.«

»Eh... danke, vielen Dank«, sagte Bathwick. »Nichts würde mir mehr zusagen. Ich habe das Gefühl, ich müßte zum Ausdruck...«

Mehr hörten wir nicht, denn Pepper junior, der zweifellos wie sein Arbeitgeber in der schnellstmöglichen Zeit zur Szene des Geschehens gelangen wollte, trat auf die Kupplung, und Bathwick wurde davongetragen.

Es tat mir leid, ihn zu verlieren. Seine erstaunliche Freundlichkeit mir gegenüber war nicht der am wenigsten verdächtige Umstand seines kurzen Auftritts.

»Wo haben Sie ihn gefunden?« fragte ich Leo.

»Auf der unteren Straße. Haben ihn beinahe überfahren. Ihm fehlt nichts – war nur ein schnelles Untertauchen.« Leo kämpfte mit dem Riegel der Pforte vor dem Polizeirevier, während er sprach, und schien völlig uninteressiert.

»Ja, ich weiß«, sagte ich. »Aber er verließ Highwaters gegen Viertel vor zehn. Ich dachte, Kingston wollte ihn nach Hause fahren?«

»Das hat er auch, das hat er auch«, sagte Leo und seufzte vor Erleichterung, als wir die Pforte offen hatten. »Kingston setzte ihn an der Ecke White Barn ab, und er sagte, er würde über das Marschland nach Hause gehen. Können nicht mehr als fünfhundert Meter sein. Aber der alberne Bursche stolperte in einen Kanal, verlor die Nerven und marschierte zur Straße zurück. Ganz einfach, Campion. Nichts Geheimnisvolles dabei. Kommen Sie, mein Junge, kommen Sie. Wir verschwenden nur Zeit.«

»Aber jetzt ist Mitternacht. Er kann keine zwei Stunden gebraucht haben, um aus einem Kanal zu klettern.«

»Vielleicht doch«, sagte Leo gereizt. »Bursche hat kein Rückgrat. Können uns jetzt sowieso nicht mit ihm beschäftigen. Müssen über etwas Ernstes nachdenken. Ich hab's nicht gern, wenn mit einer Leiche Unfug getrieben wird. Sieht kein bißchen nach meinem Bezirk aus. Es ist ungehörig. Ich sage Ihnen, es geht mir nahe, Campion. Ah, da ist Pussey. Was zu berichten, guter Mann?«

Pussey und Lugg kamen gemeinsam näher. Ich sah ihre Gesichter ganz deutlich, und ich fragte mich, wie Bathwick es fertiggebracht haben konnte, auch nur ein Kaninchenloch zu übersehen, von einem Kanal ganz zu schweigen.

Pussey hatte, wie ich sofort sah, sein erstes abergläubisches Entsetzen überwunden. Im Augenblick war er weniger verwirrt als schockiert.

»Das ist eine üble Sache, Sir«, sagte er, »eine üble Sache, sage ich.«

Er führte uns in den Schuppen, und während Lugg sich glücklicherweise stumm im Hintergrund hielt, gab er uns einen einigermaßen präzisen Bericht von seinen Nachforschungen.

»Alle Fenster waren von innen verriegelt, Sir, genauso wie Sie sie jetzt sehen, und die Tür war abgeschlossen. Um Viertel vor elf habe ich einen Rundgang durch das Polizeirevier gemacht, um zu sehen, ob alles in Ordnung war für die Nacht, und da war die Leiche noch da. Danach hielt ich mich für kurze Zeit im vorderen Teil des Hauses auf, bis ich nach oben in mein Schlafzimmer ging. Ich wollte gerade ins Bett, als Mr. Campion mit der jungen Dame und Mr. Lugg eintraf, und dann sind wir hier nach hinten gegangen und haben entdeckt, was passiert war, Sir.«

Er machte eine Pause und holte tief Luft, und Leo fragte fast stotternd: »Haben Sie den Schlüssel aus der Hand gegeben?«

»Nein, Sir.«

Leos natürliche Reaktion auf die Geschichte von einem Wunder ist es, davon auszugehen, daß jemand lügt. Ich hörte ihn neben mir stumm vor sich hin kochen.

»Pussey, ich habe Sie immer für einen sehr tüchtigen Polizisten gehalten«, setzte er bedenklich ruhig an, »aber Sie verlangen von mir, an ein Märchen zu glauben. Wenn die Leiche nicht durch die Fenster verschwunden ist, muß sie durch die Tür nach draußen gekommen sein, und wenn Sie den einzigen Schlüssel hatten ...«

Pussey hustete. »Entschuldigung, Sir«, begann er, »aber Mr. Lugg und ich, wir haben eine Art Entdeckung gemacht, sozusagen. Dies Haus hat Mr. Henry Royle, der Bauunternehmer in dieser Straße, gebaut, und wir, Mr. Lugg und ich, wir haben festgestellt, daß mehrere andere Gebäude auf diesem Gelände, Sir, die in der gleichen Zeit gebaut wurden, alle die gleichen Schlösser haben, sozusagen.«

Leos Zorn legte sich, und er fragte interessiert:

»Fehlen welche von den anderen Schlüsseln?«

»Nein, Sir, aber da Mr. Royle in der letzten Zeit hier 'ne Menge gearbeitet hat, ist es doch nicht unwahrscheinlich . . .?«

Er brach die Frage ab.

Leo fluchte, und es schien ihn zu erleichtern.

»Je, nun, von da werden wir keine Hilfe bekommen«, brummte er. »Wundert mich, daß Sie das Haus überhaupt abschließen, Pussey. Verdammt ineffizient. Typisch für die ganze Grafschaft«, fügte er, an mich gewandt, leise hinzu.

Aber Pussey hatte noch mehr zu bieten. Mit einigem Stolz führte er uns über das stoppelige Gras neben dem Schuppen an den geteerten Zaun, der die Begrenzung des Polizeigeländes markierte. Drei Bretter waren herausgeschlagen worden, und es führte ein deutlicher Weg bis zum schmalen Feldweg dahinter.

»Das ist neu«, sagte er. »Das stammt von heute nacht.«

Eine oberflächliche Überprüfung des Feldweges brachte kein Ergebnis. Der Boden war hart, und die Oberfläche bestand aus eingetrocknetem Schlamm mit einzelnen Grasbüscheln. Es war Pussey, der zum Ausdruck brachte, was alle dachten.

»Wer ihn auch geholt hat – er muß es zwischen Viertel vor elf und fünfundzwanzig Minuten nach elf getan haben. Sieht aus, als ob es mit einem Auto getan wurde, oder mit einem Karren. Er war ein schwerer Bursche. Wenn Sie entschuldigen, Sir, ich glaube, es ist am besten, wenn wir bis morgen früh warten und dann alle befragen, die in der Nähe wohnen. Sieht so aus, als ob wir nichts tun könnten, solange es noch so dunkel ist.«

Und dabei blieb es dann auch. Pepper junior fuhr Leo nach Hause, und ich schickte Lugg mit dem Lagonda zurück. Pussey ging zu Bett, und ich wanderte den grasbewachsenen Feldweg hinter dem Schuppen hinunter. Der Mond sank tiefer, und im Osten gab es die ersten fahlen Lichtstreifen. Es war kälter geworden, und ich war in der Stimmung, zu Fuß nach Hause zu gehen.

Der Feldweg wand sich durch hohe Hecken hindurch. Pussey hatte mir genau erklärt, wie man wieder an die Straße kam, und ich schlenderte dahin, mit den Gedanken bei der merkwürdigen Geschichte.

Leo und Pussey, das war mir klar, waren außer sich. Der Mord hatte sie aufgerüttelt, aber diese offensichtlich mutwillige Belästigung eines Toten schockierte beide zutiefst.

Mir erschien dieser Umstand als der bisher aussagekräftigste Faktor, weil ich glaubte, ohne Beweise dafür zu haben, daß er Leos besondere Freunde, die sich um Poppy und ihre Probleme gekümmert hatten, völlig entlastete. Während jeder von ihnen ohne große Mühe den etwas lächerlichen Unfall hätte inszenieren können, der Pig tötete, konnte ich mir von keinem von ihnen vorstellen, daß er hinterher die Leiche auf diese außerordentlich sinnlose Weise durch die Gegend zerrte.

Ich zog jene in Betracht, die übrigblieben, und Bathwick spielte in meinen Überlegungen eine große Rolle, als ich von dem Feldweg auf eine Wiese kam, die zu einem beachtlichen sich halbkreisförmig gegen den Horizont abhebenden Hügel anstieg. Ich wußte, wenn ich zwei oder drei überflüssige Meilen vermeiden wollte, mußte ich am Rand dieser Wiese entlanggehen und dann eine zweite überqueren.

Am Fuß des Hügels war es fast dunkel, und als ich weiter dahinstapfte, in Gedanken verloren, drang über den Kamm des Hügels plötzlich ein Geräusch, so menschlich und zugleich so schrecklich, daß ich fühlte, wie mir eine Gänsehaut über den Rücken lief.

Es war Pigs Husten.

Die Nacht war sehr still, und ich hörte das Kratzen in der Kehle, das Keuchen und sogar das Schnaufen am Ende.

Einen Augenblick lang stand ich bewegunglos da, ein Opfer all der absurden Ängste der Kindheit. Dann machte ich mich doppelt so schnell auf den Weg hügelaufwärts. Der Wind pfiff mir in den Ohren, und mein Herz pochte.

Als ich den Kamm erreichte, sah ich plötzlich eine Silhouette vor dem grauen Himmel. Es kam so unerwartet, daß ich stehenblieb, um hinzustarren. Es war ein Stativ mit noch etwas anderem, das ich zuerst für ein kleines Maschinengewehr hielt und was sich dann als ein altmodisches Teleskop erwies.

Ich näherte mich vorsichtig und hatte es fast erreicht, da erhob sich vom Boden neben dem Stativ eine Gestalt und wartete auf mich. Ich schaute gegen das wenige Licht, das es gab, und sah nur einen schmalen Umriß. Ich blieb stehen, und da mir nichts Besseres einfiel, sagte ich etwas, was unter den Umständen das Albernste auf der Welt gewesen sein mußte. Ich sagte: »Guten Tag.«

»Und auch Ihnen einen wunderschönen Tag, Sir«, sagte eine der unangenehmsten Stimmen, die ich je gehört habe.

Er kam auf mich zu, und ich erkannte ihn mit Erleichterung an seinem eigentümlich affektierten Gang.

»Vielleicht bin ich Ihnen gegenüber im Vorteil, Sir«, begann er. »Sie sind Mr. Campion?«

»Ja«, sagte ich. »Und Sie sind Mr. Hayhoe.«

Er lachte, ein leises gekünsteltes Geräusch.

»Das wird seinen Zweck erfüllen«, murmelte er. »Das wird seinen Zweck erfüllen. Ich hatte mich auf ein Gespräch mit Ihnen im Lauf des Tages gefreut, Sir. Ich hatte mich gefragt, wie es mit einer gewissen Ungestörtheit zu bewerkstelligen sei. Dies ist ein höchst unerwartetes Vergnügen. Ich hatte nicht damit gerechnet, einen Mann Ihres Alters Spaziergänge in der Morgendämmerung machen zu sehen. Heutzutage ziehen es die meisten jungen Männer vor, den besten Teil des Tages im Bett zu verbringen.«

»Sie sind selbst früh auf den Beinen«, sagte ich mit einem Blick auf das Teleskop. »Warten Sie auf den Sonnenaufgang?«

»Ja«, sagte er und lachte wieder. »Auf den und auf andere Dinge.«

Es war eine verrückte Unterhaltung dort auf dem Hügel um zwei Uhr morgens, und mir kam der Gedanke, daß er zu diesen Naturliebhabern gehören mußte, die gerade in Mode waren und die durch die Gegend rennen und Vögel beobachten. Von diesem Irrtum befreite er mich jedoch bald.

»Ich nehme an, Sie stellen Nachforschungen an wegen des Todes dieses unglückseligen Harris?« sagte er. »Nun, Mr. Campion, ich kann Ihnen sehr nützlich sein. Ich möchte Ihnen einen Vorschlag machen. Für eine angemessene Summe, deren Höhe wir untereinander ausmachen müssen, kann ich Ihnen gewisse sehr interessante Informationen geben, Informationen, die zusammenzutragen Sie allein sehr viel Zeit kosten würde und die Sie zu einem sehr erfolgreichen Abschluß Ihres Falles führen würden. Ihre berufliche Reputation wird sich erhöhen, und ich werde natürlich nichts von dem Ruhm für mich beanspruchen. Und angenommen, wir werden handelseinig...«

Ich fürchte, ich lachte ihn aus. Diese Art von Angebot wurde mir schon so oft gemacht. Ich dachte an das Husten, das ich gehört hatte.

»Harris war mit Ihnen verwandt, nehme ich an?« sagte ich.

Er wurde etwas förmlicher und zuckte mit den Schultern.

»Ein Neffe«, sagte er, »und kein sehr familienbewußter. Er war ein recht vermögender junger Mann, wissen Sie, und ich – wie Sie sich vorstellen können, ich gehöre nicht zu denen, die normalerweise ihren Urlaub in der Bruchbude eines elenden Arbeiters verbringen oder des Abends durch die kahle Gegend zotteln.«

Er war ein ziemlich schrecklicher alter Mann, aber ich war froh, daß ich das geheimnisvolle Husten aufgeklärt hatte.

In diesem Augenblick erinnerte ich mich an etwas. Schließlich war ich bis jetzt der einzige Mensch, der Roly Peters mit Oswald Harris in Verbindung brachte, ausgenommen vielleicht Effie Rowlandson, die nur Verdacht geschöpft hatte.

»Lassen Sie mich überlegen«, murmelte ich, »das war Ihr Neffe Rowland Peters, nicht wahr?«

Zu meinem außerordentlichen Bedauern wischte er den Rückschluß beiseite.

»Ich habe mehrere Neffen, Mr. Campion, oder besser gesagt, ich hatte«, sagte er mit unechter Würde. »Ich möchte Sie nicht bedrängen, aber ich betrachte dies als ein geschäftliches Gespräch. Zuerst die Bedingungen, wenn's Ihnen recht ist. Sagen wir fünfhundert Guineen für eine vollständige und vertrauliche Erklärung der ganzen Geschichte? Oder ich könnte es natürlich auch in einzelne Posten aufteilen, gewissermaßen.«

Während er weiterschwatzte, dachte ich nach, und an dieser Stelle hatte ich eine Eingebung.

»Mr. Hayhoe«, sagte ich, »was ist mit Mole, dem kleinen Maulwurf?«

Er gab einen kurzen schrillen Aufschrei von sich, unterdrückte ihn aber sofort.

»Oh!« sagte er, und aus seiner Stimme klang Vorsicht und Respekt, »Sie wissen also von Mole, was?«

10

Des Pfarrers Cocktail

Ich antwortete nicht. Angesichts meiner völligen Unkenntnis gab es sehr wenig, was ich sagen konnte. Darum blieb ich stumm und, so hoffte ich, undurchschaubar. Aber er ließ sich nicht aus der Reserve locken.

»Ich selbst hatte nicht an das Wesen gedacht«, sagte er unerwartet, »aber es mag etwas dran sein. Es ist ein wertvoller Beitrag. Sie scheinen erstaunlich intelligent zu sein, wenn ich so sagen darf, ohne daß es bös gemeint wäre.«

Er seufzte und setzte sich in das Gras.

»Ja«, fuhr er fort und umklammerte seine Knie. »Wenn ich darüber nachdenke – wir sollten weit kommen, Sie und ich, wenn wir erst zu einer Einigung gelangen. Was die Bedingungen also betrifft ... Ich hasse es, darauf zu bestehen, aber im Augenblick befinden sich meine Finanzen in einem heillosen Zustand. Wie weit würden Sie mir entgegenkommen?«

»Nicht ein Pfund«, sagte ich klipp und klar, aber höflich. »Wenn Sie etwas über den Tod Ihres Neffen wissen, ist es eindeutig Ihre Pflicht, sich damit an die Polizei zu wenden.«

Mr. Hayhoe zuckte mit den Schultern. »Na ja«, sagte er bedauernd, »ich habe Ihnen die Möglichkeit gegeben.«

Ich wandte mich ab, damit rechnend, daß er mich zurückrufen würde, und das tat er.

»Mein lieber junger Mann«, protestierte er, als ich ein paar Schritte hügelabwärts gemacht hatte, »seien Sie nicht voreilig. Lassen Sie uns vernünftig über diese Sache sprechen. Ich habe gewisse Informationen, die für Sie wertvoll sind. Warum sollten wir streiten?«

»Wenn Sie etwas Wichtiges wüßten«, sagte ich über die Schulter, »würden Sie kaum wagen, darüber zu sprechen.«

»Ach, Sie verstehen nicht.« Er schien sehr erleichtert. »Ich selbst bin völlig sicher. Ich habe nichts zu verlieren, alles zu gewinnen. Meine Situation ist einfach. Ich verfüge zufällig über eine wertvolle Information, und ich beabsichtige, sie zu Geld zu machen. Es kommen zwei Personen als Käufer in Frage: die eine sind Sie selbst, die andere ist ein gewisser Jemand, dessen Namen ich nicht zu nennen brauche. Verständlicherweise werde ich an den verkaufen, der mehr bietet.«

Ich wurde seiner allmählich überdrüssig. »Mr. Hayhoe«, sagte ich, »ich bin müde. Ich möchte ins Bett. Sie vergeuden meine Zeit. Außerdem machen Sie sich lächerlich. Es tut mir leid, daß ich so deutlich werde, aber so ist es nun mal.«

Er stand auf. »Hören Sie, Campion«, sagte er mit völlig veränderter Stimme, und das Gekünstelte fiel von ihm ab und wurde durch einen schmeichlerischen Ton ersetzt, »ich könnte Ihnen etwas Interessantes mitteilen, wenn ich wollte. Die Polizei kann mich hochnehmen und piesacken, aber sie können mich nicht dabehalten, weil sie nichts gegen mich in der Hand haben. Gegen eine Vergütung könnte ich Sie auf die richtige Spur führen. Was ist Ihnen die Sache wert?«

»Im Augenblick sehr wenig«, sagte ich. »Vielleicht zweieinhalb Schilling.«

Er lachte. »Ich denke, ich kann mehr als das bekommen«, sagte er leise. »Sehr viel mehr. Aber ich bin kein reicher Mann. Unter uns gesagt, im Augenblick bin ich wirklich sehr knapp bei Kasse. Angenommen, wir treffen uns morgen früh, nicht ganz so früh wie heute? Sagen wir sieben Uhr? Das gibt mir glatte vierundzwanzig Stunden. Wenn ich anderenorts kein zufriedenstellendes Angebot erhalte, nun, vielleicht setze ich meinen Preis etwas herunter. Was halten Sie davon?«

Er war ein unangenehmer Kunde, aber in dieser Stimmung gefiel er mir besser.

»Wir könnten uns über den Maulwurf unterhalten«, willigte ich unfreundlich ein.

Er sah mich schief an. »Nun gut«, stimmte er zu. »Über den Maulwurf und – andere Dinge. Ich treffe Sie dann also morgen früh um sieben hier...«

Als ich mich abwandte, fiel mir etwas ein.

»Was Ihren anderen Käufer betrifft«, sagte ich. »An Ihrer Stelle würde ich mich nicht an Sir Leo wenden.«

Diesmal war sein Lachen ganz ungekünstelt.

»Sie sind nicht ganz so clever, wie ich dachte«, sagte er, und ich hatte etwas zum Nachdenken, während ich den Hügel hinunterging. Offen gesagt, bis zu diesem Augenblick hatte ich ihn nicht als möglichen Erpresser betrachtet.

Zu der Zeit dachte ich, ich könnte ihn mit gutem Recht vierundzwanzig Stunden schmoren lassen, aber zu der Zeit, wie ich schon sagte, wußte ich nicht, mit was für einem Menschen wir es zu tun hatten. Wann auch immer ich dazu neige, zu zufrieden mit mir selbst zu sein, fällt mir dieses kleine Gespräch auf dem Hügelhang ein.

Als ich müde die Auffahrt von Highwaters hinaufging, dämmerte der Morgen. Die Luft war herrlich, der Himmel von einem fast durchsichtigen Blau, und die Vögel trällerten einander mit ungestörter Hingabe zu.

Ich vermutete, daß die Terrassentüren des Speisezimmers nicht verriegelt worden waren, und als ich auf dem Weg zu ihnen um das Haus ging, geschah etwas recht Bedauerliches. Janet, die keine Veranlassung hatte, zu dieser frühen Stunde wach zu sein, trat auf ihren Balkon und erwischte mich. Ich schaute hinauf und sah, wie sie in einer Mischung aus Überraschung und Verachtung auf meine in Abendkleidung stekkende vorbeischleichende Gestalt herunterblickte.

»Guten Morgen«, sagte ich unschuldig.

Ihre Wangen liefen rot an.

»Hoffentlich hast du Miss Rowlandson gut nach Hause gebracht«, sagte sie und ging in ihr Zimmer zurück, bevor ich ihr alles erklären konnte.

Ich nahm ein lauwarmes Bad und schlief ein paar Stunden,

aber ich wartete schon auf Leo, als er gegen acht Uhr erschien. Wir machten vor dem Frühstück einen kleinen Spaziergang durch den Garten, und ich brachte mein Anliegen vor.

»Den Burschen überwachen lassen?« sagte er. »Gute Idee. Ich werde Pussey anrufen. Sonderbarer Name, Hei-ho. Muß frei erfunden sein. Irgendein besonderer Grund außer allgemeinem Mißtrauen?«

Ich berichtete ihm von der Unterhaltung auf dem Hügel, und zuerst wollte er den Mann sofort verhaften lassen.

»Ich glaube, das würde ich nicht tun, Sir«, protestierte ich. »Ich sehe nicht, wie er selbst in die Sache verwickelt sein könnte, außer er spielt ein unglaublich gefährliches Spiel. Lassen Sie ihn in Ruhe, und er wird uns zu jemandem führen, der interessanter für uns ist.«

»Wie Sie meinen«, sagte Leo. »Wie Sie meinen. Ziehe persönlich die direkte Methode vor.«

Wie es sich ergab, hatte er natürlich vollkommen recht, aber keiner von uns konnte das zu dem Zeitpunkt ahnen.

Janet kam zum Frühstück nicht herunter, aber ich hatte keine Zeit, über sie nachzudenken, denn Kingston erschien, bevor wir mit dem Frühstück fertig waren. Er sprudelte über vor Aufregung und sah mit seinen vierzig Jahren sehr jung aus, als er mit langen Schritten hereinmarschiert kam, das störrische helle Haar zerzaust, die eher trägen Augen ungewöhnlich strahlend.

»Ich hab's«, verkündete er, fast bevor er im Zimmer war. »Ich bin die halbe Nacht aufgeblieben und habe in Papieren gewühlt, aber am Ende habe ich die Adresse gefunden. Die Firma, mit der ich in Peters' Angelegenheit zu tun hatte, hieß Skinn, Sutain und Skinn, Lincoln's Inn Fields. Hilft das weiter?«

Ich notierte mir den Namen, und Kingston sah mich erwartungsvoll an.

»Ich könnte für den Tag Urlaub machen, nach London

fahren und für Sie mit ihnen sprechen, wenn Sie wollen«, sagte er. »Aber vielleicht wollen Sie lieber selbst gehen?«

Ich dämpfte seine Begeisterung nicht gern, obwohl mir in den Sinn kam, daß sein Leben unglaublich langweilig sein mußte, wenn er so begierig darauf war, den Detektiv zu spielen.

»Hm, nein«, sagte ich. »Ich denke, das wird im Augenblick warten müssen. Die Leiche ist nämlich verschwunden.«

»Tatsächlich? Das kann doch nicht wahr sein!« Er schien entzückt und schwatzte weiter, während ich erklärte. »Die Dinge geraten in Bewegung, nicht wahr? Ich nehme an, Sie werden die Anwälte für ein paar Tage zurückstellen müssen. Kann ich etwas tun? Ich muß hinunter ins ›Halt Knights‹ fahren und nach meiner jungen Patientin sehen, und da sind noch ein oder zwei andere Leute, die ich mir ansehen sollte, aber danach könnte ich Ihnen meine Dienste zur Verfügung stellen.«

»Ich muß hinunter zu Poppy«, sagte ich. »Wenn ich darf, fahre ich mit Ihnen.«

Leo hatte uns verlassen und telephonierte vom Jagdzimmer aus mit Pussey, als ich ihn ein oder zwei Minuten später störte. Er hörte sich meine recht eilig erzählte Geschichte unerwartet verständnisvoll an.

»Warten Sie einen Moment«, sagte er, als ich fertig war. »Sie denken, daß unter Umständen eine Verbindung besteht zwischen diesem Burschen Peters, den Sie kannten, und Harris, und Sie wollen, daß ich die Leute in London dazu veranlasse, diese Anwälte aufzusuchen, in der Absicht, von ihnen die Leiche identifizieren zu lassen. Richtig?«

»Ja«, sagte ich. »Vielleicht ist nichts dran, aber sie könnten allgemeine Nachforschungen über die beiden Männer, Peters und Harris, anstellen. Was ich besonders gern wissen möchte, ist, woher Harris sein Geld hat – ob er versichert war oder so etwas. Es mag ein Schuß ins Blaue sein, ich weiß, aber es besteht eine geringe Chance, daß diese Leute sich als nützlich erweisen. Ich glaube, man muß sie mit Vorsicht behandeln. Ich meine, ich glaube nicht, daß man das übers Telephon machen könnte.«

Er nickte. »In Ordnung, mein Junge. Alles was uns hilft, zum Kern dieser schrecklichen Sache vorzudringen, nicht wahr... Pussey setzt einen Mann auf diesen Burschen Hei-ho an.«

Er hielt plötzlich inne und sah mich an.

»Hoffen wir, daß er uns nicht zu jemandem führt...«

Er brach hilflos ab.

»Ich fahr jetzt runter ins ›Halt Knights‹«, murmelte ich.

Er hustete. »Ich komme später nach. Beunruhigen Sie sie nicht, mein Junge, beunruhigen Sie sie nicht. Bring es nicht fertig zu glauben, daß sie etwas damit zu tun hat, arme kleine Frau.«

Kingston erwartete mich an der Auffahrt. Er war enthusiastisch. Die Entwicklung der Dinge schien ihn anzuspornen.

»Für Sie ist das sicher nichts Ungewöhnliches?« sagte er ein wenig neidisch, als ich neben ihm einstieg. »Aber hier unten passiert nie etwas, und es wäre unnatürlich, wenn mich das nicht interessieren würde. Es ist ziemlich schockierend, wie der Mensch auf das Unglück eines anderen reagiert, finden Sie nicht? Ich kannte Harris natürlich nicht, aber was ich von ihm sah, war nicht sehr anziehend. Ich würde sagen, die Welt ist ohne ihn besser dran. Ich habe ihn kurz vor seinem Tod gesehen, wissen Sie, oder zumindest eine Stunde oder so vorher, und ich weiß noch, daß ich dachte, er wäre eigentlich eine Raumverschwendung.«

Ich dachte über meine eigenen Probleme nach, aber ich wollte nicht unhöflich sein.

»Wann war das?« fragte ich abwesend.

»Auf der Treppe von ›Halt Knights‹. Ich war auf dem Weg nach oben zu meiner kleinen Gelbsuchtpatientin, und er kam heruntergestolpert. Ich habe noch nie einen Mann mit einem derartigen Kater gesehen. Er streifte mich, seine Augen waren glasig, und seine Zunge hing heraus. Sagte nicht guten Morgen oder so was – Sie kennen die Sorte.«

»Ihre Patientin«, sagte ich. »Sie muß doch während des ganzen Vorfalls oben gewesen sein...?

Er sah mich überrascht an. »Flossie?« sagte er. »Ja, sie war oben, aber da sind Sie auf der falschen Spur. Sie lag weit weg an der Rückseite des Hauses in einer kleinen Dachkammer ganz oben. Außerdem – sehen Sie sich sie nur einmal an. Dem armen kleinen Wesen geht es jetzt ein bißchen besser, aber vor ein paar Tagen konnte sie nicht einmal auf den Beinen stehen, das arme Ding. Trotzdem könnte sie etwas gehört haben. Ich werde sie fragen.«

Ich sagte, er solle es vergessen, und er fuhr fröhlich schwatzend weiter und machte alle möglichen sinnlosen Vorschläge. Wann immer ich ihm zuhörte, fand er mein volles Verständnis. Ein Leben, das erst durch einen Mord interessant wird, mußte, dachte ich, wirklich sehr langweilig sein.

Als wir ankamen, ging er sofort nach oben, um nach seiner Patientin zu sehen, während ich Poppy in der Halle aufsuchte. Es war früh, und wir waren allein. Sie schien entzückt, mich zu sehen, und bestand wie gewöhnlich darauf, mir sofort einen Drink zu holen. Ich folgte ihr in die Bar und beeilte mich, ihr vor Kingstons Rückkehr die Frage zu stellen, die mir schon längere Zeit durch den Kopf ging.

»Sie sagen, daß Sie sich an gestern morgen sehr genau erinnern?« fragte ich. »Hatten Sie einen Gast, der kurze Zeit vor dem Unfall das Haus verließ? Jemand, der zum Zeitpunkt des Unfalls nicht hier war, der aber etwa eine halbe Stunde oder so vorher davonwanderte?«

Sie hielt inne in ihrer Beschäftigung, kleine Eiswürfel aus dem Kühlschrank zu holen.

»Nein, niemand«, sagte sie, »außer Sie rechnen den Pfarrer dazu.«

Ich nahm meine Brille ab.

»Bathwick?«

»Ja. Er kommt immer gegen zwölf Uhr vorbei. Er hat seine Cocktails gern auf die amerikanische Art, wie der, den ich jetzt für Sie mixe. Er trinkt nie mehr als einen. Kommt gegen zwölf hereingeschneit, trinkt seinen Cocktail und zieht wieder ab. Gestern vormittag habe ich ihn selbst an die Tür begleitet. Er geht immer durch den Gemüsegarten zu dem Zauntritt, der zur Wiese des Pfarrhauses führt. Warum?«

Ich schaute hinunter auf das Glas in meiner Hand, wirbelte das Eis in der bernsteinfarbenen Flüssigkeit herum und hatte plötzlich den ganzen Fall vor Augen.

Unglücklicherweise sah ich nur die Hälfte.

11

»Warum ihn ertränken?«

Ich bastelte noch immer an dem Problem herum, als Poppy mir die Hand auf den Arm legte. Ich wandte mich zu ihr und sah, daß ihr rundliches Gesicht errötet und besorgt war.

»Albert«, murmelte sie vertraulich, »ich kann jetzt nicht reden, weil Kingston herunterkommt, aber da ist etwas, was ich Ihnen sagen möchte. Pst! Da ist er schon.«

Sie wandte sich wieder der Bar zu und begann, mit den Gläsern herumzuhantieren. Kingston kam herein, auf fröhliche Weise überlegen.

»Sie ist jetzt wieder in Ordnung«, sagte er lächelnd zu Poppy, »oder wird es in ein oder zwei Tagen sein. Lassen Sie sie nicht zuviel Fett essen. Wollen Sie hinaufgehen und mit ihr sprechen, Campion?«

Poppy sah ihn mit gerunzelten Augenbrauen an, und er erklärte, worum es ging. Sie lachte uns aus.

»Das Kind hat nicht die Kraft, und sie hat nicht den Verstand«, sagte sie. »Und wenn sie beides hätte, würde sie es nicht tun. Sie ist ein liebes kleines Mädchen, unsere Flossie. Flossie, also wirklich! Ich habe noch nie etwas so Unsinniges gehört.«

Aber Kingston war sehr hartnäckig, und sein Eifer, bei allem mitzumixen, hätte einem leicht auf die Nerven gehen können, wenn etwas Dringendes zu tun gewesen wäre. So ging ich mit ihm nach oben, durch einen Irrgang von Fluren und unerwarteten Treppen, bis wir die kleine Bodenkammer unter dem Dach am entgegengesetzten Ende vom Abstellraum fanden.

Sobald ich Flossie sah, erkannte ich, daß sie recht hatten. Ihr kleines gelbes Gesicht war rührend und teilnahmslos.

Kingston stellte ihr Fragen. Hatte sie etwas gehört? Hatte sie das Zimmer verlassen? War am Vortag etwas Ungewöhnliches geschehen? Sie antwortete auf jede Frage mit »Nein, Sir«, mit der matten Geduld der wirklich Kranken.

Wir verließen sie und gingen weiter, um uns noch einmal den Abstellraum anzusehen. Er sah genauso aus, wie ich ihn verlassen hatte. Kingston gab sich außerordentlich wissend und wichtig. Offensichtlich gefiel er sich in seiner neuen Rolle.

»Da ist ein Kratzer«, sagte er und zeigte auf den Kratzer, den ich schon zur Kenntnis genommen hatte. »Sagt der Ihnen was, Campion? Er sieht ziemlich neu aus, was? Sollte man nicht Fingerabdrücke nehmen?«

Ich musterte bedauernd die rauhe Oberfläche und verließ mit Kingston den Raum.

Schließlich wurden wir ihn los. Er bot an, mich zum Polizeirevier hinunterzufahren, aber ich lehnte ab und sagte ihm, daß Leo mich abholen würde. Ich entdeckte Poppy, während ich sprach, und wir standen zusammen am Fenster und sahen Kingstons Auto die Auffahrt hinunter verschwinden. Sie seufzte.

»Sie *langweilen* sich«, sagte sie. »Sie sind alle gelangweilt, die armen Schätzchen. Er ist ein netter Junge, er möchte nicht mit dem Grausigen scherzen, aber es ist alles Gesprächsstoff für ihn, wenn er seine Patienten besucht. Es muß schrecklich sein, täglich Leute zu besuchen, wenn man nicht weiß, worüber man mit ihnen reden soll, glauben Sie nicht?«

»Ja«, sagte ich zweifelnd. »Wahrscheinlich. Was wollten Sie *mir* übrigens erzählen?«

Sie antwortete nicht sofort, aber ihr Gesicht lief rosa an, und sie sah aus wie ein großes schuldbewußtes Kleinkind, das etwas gestehen soll.

»Ich hatte gestern einen kleinen Wortwechsel mit Leo«, begann sie schließlich. »Nicht daß es mir etwas ausmacht, natürlich, obwohl man gut beraten ist, wenn man sich mit seinen Gästen und ... hm ... Freunden gutstellt. Mir ist klar, daß ich ihn verärgert habe. Ich habe ihm eine dumme Lüge aufgetischt, und dann mochte ich es nicht erklären. Sie können sich vorstellen, daß so etwas passiert, nicht?«

Sie machte eine Pause und sah mich an.

»O ja«, sagte ich fröhlich.

»Das Blöde ist, daß es keine Rolle spielt«, fuhr sie fort und drehte an ihren Ringen. »Die Leute hier in der Gegend sind furchtbare Snobs, Albert.«

Ich konnte ihr nicht ganz folgen und sagte das auch.

»Na ja, es geht um Hayhoe«, sagte sie heftig. »Ein schrecklicher kleiner Halunke, Albert, aber vermutlich durchaus menschlich, und er muß irgendwie leben, wie jeder andere auch, nicht?«

»Einen Moment«, sagte ich. »Daß ich Sie richtig verstehe. Ist Hayhoe ein Freund von Ihnen?«

»O nein, kein *Freund*.« Sie schob den Ausdruck gereizt von sich. »Aber er hat mich letzte Woche um Hilfe gebeten.«

Ich hatte eine Eingebung.

»Hat er sich Geld gepumpt?«

»O nein!« Sie war schockiert. »Er war schrecklich knapp bei Kasse, armer Mann. Er hat mir seine Geschichte erzählt, und vielleicht habe ich ihm ein oder zwei Pfund geliehen. Aber man könnte nicht sagen, daß er sich *Geld* gepumpt hat. Sehen Sie, es war so – er kam etwa zwei Tage nachdem der fürchterliche Harris sich hier eingenistet hatte. Ich versuchte gerade herauszufinden, was für ein Mensch Harris war, als dieser arme alte Knabe auftauchte und mich um ein Gespräch unter vier Augen bat und mir die ganze Geschichte erzählte. Harris war nämlich sein Neffe, und da waren eine Menge Gaunereien gewesen, und irgendwie – ich weiß nicht mehr genau wie – hatte diese kleine Zecke Harris den alten Mann um sein ganzes Geld gebracht. Er wollte Harris heimlich treffen, um es zurückzubekommen, und bat mich um Hilfe. Ich ließ ihn in Harris' Zimmer ...«

»Sie taten was?« sagte ich entgeistert.

»Na ja, ich sagte ihm, wo es war, und ließ ihn nach oben gehen. Das war vor ein paar Tagen. Es gab einen schrecklichen Krach, und der arme kleine Hayhoe kam wie ein begossener Pudel herausgerannt und ist seitdem nie wieder hier in der Nähe aufgetaucht – bis gestern abend, als Leo ihn zufällig sah. Ich hatte keine Lust, die ganze Geschichte zu erzählen – weil es keinen Sinn hat, diesen Mann in eine Auseinandersetzung zu ziehen, wo er gestern morgen nicht einmal in der Nähe war –, und darum war ich Leo gegenüber kurz angebunden, und er ist sauer. Biegen Sie es bitte alles wieder zurecht für mich, Albert. Trinken Sie noch ein Glas.«

Ich lehnte das eine ab und versprach, in der anderen Sache mein Bestes zu tun.

»Woher wissen Sie, daß Hayhoe gestern vormittag nicht in der Nähe war?« fragte ich.

Sie sah mich an, als sei ich nicht ganz gescheit.

»Nun, ich hoffe, ich weiß noch, was in meinem eigenen Haus vor sich geht«, sagte sie. »Ich weiß, daß es hier in der Gegend üblich ist, mich für einen alten Dummkopf zu halten, aber ich bin nicht völlig schwachsinnig. Außerdem ist jeder befragt worden.«

»Warum kam Hayhoe gestern her?«

»Abends? Nun ...« – sie zögerte wieder – »das ist schwer zu erklären. Er wollte mir sagen, daß er wisse, wie ich mich fühle, umgeben von versnobtem Landadel, und das bei einem Problem wie diesem, und er bot mir seine Hilfe als Mann von Welt an.«

Sie dachte einen Augenblick nach.

»Wenn Sie mich fragen, in Wirklichkeit wollte er einen Drink«, fügte sie mit dem Sinn für das Praktische hinzu, der einen immer wieder mit ihr versöhnt.

»Haben Sie ihm wieder Geld geliehen?« murmelte ich zaghaft.

»Nur zweieinhalb Schilling«, sagte sie. »Erzählen Sie es Leo nicht. Er findet das so töricht.«

Ich mußte wieder an Bathwick denken, und am Ende ging sie mit mir nach draußen und zeigte mir den kleinen Weg durch den Gemüsegarten, der zum Zauntritt des Pfarrhausgrundstücks führte. Es war ein stiller kleiner Weg, fast völlig verborgen vom Laubwerk der Obstbäume. Als wir zurückkamen, wandte ich mich an sie.

»Hören Sie«, sagte ich, »ich weiß, daß die Polizei Ihrem Personal zugesetzt hat wegen der Ereignisse von gestern morgen, und ich möchte Ihre Leute nicht schon wieder nervös machen, aber glauben Sie, daß Sie durch unauffälliges, geschwätziges Befragen herausfinden könnten, ob kurz vor dem Unfall jemand in den oberen Stockwerken herumgestöbert hat? Bathwick könnte doch mühelos zurückgekommen sein.«

»Ein Pfarrer!« sagte Poppy. »Also wirklich ...! Sie denken doch nicht ...? Oh, Albert, das können Sie nicht denken!«

»Natürlich nicht«, sagte ich hastig. »Ich frage mich nur, ob er nach oben hätte gelangen können. Es wäre interessant, das ist alles.«

»Ich werde es herausfinden«, sagte sie entschlossen.

Ich bedankte mich und fügte eine Warnung hinsichtlich der Gesetze über üble Nachrede hinzu.

»Das brauchen Sie *mir* nicht zu sagen«, erklärte sie und fragte dann mit heiterer Stimme: »Ist das der Wagen?«

Wir liefen hinunter, um zur Begrüßung zur Stelle zu sein, und Poppy rückte auf dem Weg nach unten ihre festen grauen Locken zurecht. Aber es war Lugg in dem Lagonda, der draußen vorfuhr, nicht Leo. Er machte mir geheimnisvolle Zeichen, und als ich zum Wagen eilte, sah ich, daß sein großes Vollmondgesicht ungewöhnliche Aufregung zeigte.

»Springen Sie rein«, kommandierte er. »Der General will, daß Sie ins Polizeirevier kommen. Hat da was für Sie.«

»Haben sie die Leiche gefunden?«

Er schien enttäuscht. »Ich seh schon, Sie haben heut wieder Ihr Zweites Gesicht dabei«, sagte er. »Morgen, Madam.« Er grinste Poppy über meine Schulter hinweg an, während er sprach, sicher in ehrerbietiger Erinnerung an unzählige Biere in der Vergangenheit.

»Es tut mir schrecklich leid«, erklärte ich ihr. »Ich muß gehen. Leo erwartet mich im Polizeirevier. Es gibt etwas Neues. Ich schicke ihn rüber, wenn die Aufregung vorbei ist.«

Sie tätschelte meinen Arm. »Bitte«, sagte sie ernsthaft. »Bitte tun Sie das. Er ist ein Schatz, Albert. Einer von den Allerbesten. Sagen Sie ihm, ich habe mich dumm benommen, und es tut mir leid, aber – aber er soll es nicht erwähnen, wenn wir uns sehen.«

Ich stieg neben Lugg ein. »Wo war sie?« fragte ich ihn, als wir losrasten.

»Im Fluß. Ganz unbewegt. Mann in einem Fischerboot hat sie rausgeholt. Wenn wir Ihre Wundermuschel jetzt dabei hättn, vielleicht könnte die uns was erzähln.«

Ich hörte ihm nicht zu. Ich dachte an Whippet. Whippet und die anonymen Briefe, Whippet und Effie Rowlandson, und jetzt Whippet und seine ungewöhnliche Vermutung – wenn es eine Vermutung war. Ich konnte mir nicht vorstellen, wie er in das Bild paßte. Er warf all meine Überlegungen über den Haufen. Ich beschloß, mich mit ihm zu unterhalten.

Lugg war eingeschnappt. »Komischer Ort, an dem wir gelandet sind«, sagte er. »Erst haun sie einem Kerl eins über die Rübe, und dann schmeißen sie ihn in den Fluß ... manche Leute sind nie nich zufrieden, wirklich.«

Ich setzte mich auf. Das war genau der Punkt, der mich die ganze Zeit gestört hatte. Warum der Fluß, wo die Leiche höchstwahrscheinlich früher oder später gefunden werden würde?

Als wir an dem kleinen Leichenhaus ankamen, hatte man das Offensichtliche inzwischen kapiert. Leo und Pussey waren dort, und mit ihnen die beiden aufgeregten Fischer, die die Entdeckung gemacht hatten. Ich zog Leo auf die Seite, aber er wollte mir nicht sofort zuhören. Er war am Überkochen.

»Es ist eine Freveltat«, sagte er. »Es ist schändlich. Ich bin schockiert, Campion. In meinem eigenen Dorf! Es war ohne jeden Sinn. Böswilliger Unfug.«

»Denken Sie?« sagte ich und machte einen bestimmten Vorschlag.

Er stand vor mir und sah mich an, einen ungläubigen Ausdruck in den blauen Augen. Für einen Polizisten hat Leo ein erstaunliches Vertrauen in die angeborene Anständigkeit seiner Mitmenschen.

»Wir brauchen einen alten Mann«, sagte ich. »Jemanden mit den erforderlichen Fähigkeiten natürlich, aber jemanden, auf dessen Verschwiegenheit man bauen kann. Irgend jemand aus der Gegend geeignet?«

Er überlegte. »Da ist der alte Professor Farringdon drüben in Rushberry«, sagte er schließlich. »Er hat etwas Ähnliches vor einiger Zeit für uns getan. Aber Sie sehen selbst, daß die Todesursache offensichtlich ist. Haben wir das Recht, eine Autopsie zu veranlassen?«

»Im Fall eines gewaltsamen Todes hat man immer das Recht, eine Autopsie zu veranlassen«, betonte ich.

Er nickte. »Als Sie gestern die Leiche sahen, ist Ihnen da etwas aufgefallen, das Sie auf eine solche Idee hätte kommen lassen?«

»Nein«, sagte ich wahrheitsgemäß. »Nein, ist es nicht. Aber das hier macht einen gewaltigen Unterschied. Wasser hat eine besondere Fähigkeit, nicht wahr?«

Er legte den Kopf schief.

»Wie meinen Sie das?«

»Nun, es wäscht Sachen«, sagte ich und machte mich auf die Suche nach Whippet.

12

Das störende Element

Ich war schon fast beim Auto, als ich mich an etwas erinnerte, was mir in der Aufregung des Augenblicks entfallen war. Ich hastete zurück und machte Pussey ausfindig.

»Machen Sie sich keine Sorgen, Sir. Wir haben einen Mann auf ihn angesetzt«, versicherte er in Beantwortung meiner Frage.

Ich zögerte immer noch. »Hayhoe ist aalglatt«, wagte ich zu sagen, »und es ist auch äußerst wichtig, daß er nicht alarmiert wird.«

Pussey war nicht beleidigt, aber er schien mich für etwas pedantisch zu halten.

»Der junge Birkin wird ihn verfolgen, und er wird nicht mehr davon merken, als wenn ihm ein Frettchen auf der Spur wäre«, sagte er. »Sie können ganz beruhigt sein.«

Ah! das war sehr beruhigend, und ich wollte gerade wieder gehen, als Leo mich abfing. Er war noch immer im Zweifel wegen der Notwendigkeit einer Autopsie, und am Ende mußte ich mit zurückkommen und mir Pigs jämmerlichen Leichnam noch einmal ansehen. Wir fanden ein oder zwei interessante Hinweise, als wir danach suchten, und am Ende hatte ich Leo überzeugt.

Inzwischen war es verhältnismäßig spät geworden, und ich kam kurz vor zwei im ›Feathers‹ an. Die Wirtin, eine typische Frau aus Ost-England, hager und schweigsam, war nicht hilfreich. Es dauerte einige Zeit, bis ich ihr klarmachen konnte, daß es Whippet war, den ich sprechen wollte.

»Oh«, sagte sie schließlich, »ein junger Herr mit hellem Haar, spricht leise, beinahe wie ein Schwachkopf, könnte man sagen. Nun, er ist nicht da.«

»Aber er hat letzte Nacht hier geschlafen«, sagte ich hartnäckig.

»Ja, ja, das hat er, und das ist die Wahrheit«, stimmte sie mir zu, »aber jetzt ist er nicht da.«

»Kommt er zurück?«

»Kann ich nicht sagen.«

Es kam mir in den Sinn, daß Whippet sie gebeten hatte, den Mund zu halten, und das sah ihm so gar nicht ähnlich. Mein Interesse an ihm wuchs.

Es gab auch nichts, was auf Miss Rowlandson hinwies. Auch sie schien fortgegangen zu sein. Aber ob sie zusammen oder jeder für sich gegangen waren, wollte die Wirtin mir nicht sagen.

Schließlich mußte ich unverrichteter Dinge nach Highwaters zurückfahren. Ich war natürlich zu spät für Lunch, und Peppers bediente mich allein im Speisezimmer, Kummer und Enttäuschung mit jeder Linie seiner gepflegten Erscheinung ausdrückend.

Aus diesem oder jenem Grund fiel ich in seiner Wertschätzung immer tiefer.

Als das Mahl beendet war, wandte er sich an mich.

»Miss Janet ist im Rosengarten, Sir«, sagte er und vermittelte deutlich den Eindruck, daß er, Mord hin, Mord her, der Ansicht sei, ein Gast schulde seiner Gastgeberin eine gewisse Ehrerbietung.

Ich nahm den Tadel demütig hin und ging hinaus, um es wieder gutzumachen. Es war einer jener strahlenden Sommertage, die heiß sind, ohne unangenehm zu sein. Der Garten war ein flammendes Blumenmeer, die Luft heiter und friedlich.

Als ich den grasbewachsenen Pfad zwischen den Lavendelsträuchern hinunterwanderte, hörte ich Stimmen, und eine von ihnen schien mir vertraut. Zwei Liegestühle standen mit der Rückseite zu mir nebeneinander auf dem Rosenrasen, und ich hörte Janet lachen.

Bei dem Geräusch von sich nähernden Schritten erhob sich ihr Besucher, und als sein Kopf und seine Schultern hinter dem Rücken des Stuhls auftauchten, hatte ich eine seltsame Empfindung, die zur Hälfte aus Erleichterung, zur Hälfte aus einer völlig ungerechtfertigten Wut bestand. Es war wieder einmal Whippet. Und er sah sehr frisch und wohl aus in seinen makellosen weißen Flanellhosen. Seine Begrüßungsworte trugen ihm nicht gerade meine Zuneigung ein.

»Campion! Endlich finde ich dich«, sagte er. »Eh... gut. Ich habe dich gesucht, mein Lieber, überall, in der ganzen Gegend.«

Er zeigte mit der Hand träge in verschiedene Richtungen.

»Ich war beschäftigt«, sagte ich unfreundlich. »Hallo, Janet.«

Sie lächelte zu mir auf. »Dies ist ein netter Freund von dir«, sagte sie, mit leichter, unnötiger Betonung des ersten Wortes. »Setz dich doch bitte.«

»Ja, setz dich doch«, stimmte Whippet zu. »Dort drüben ist ein Stuhl«, fügte er hinzu und zeigte auf einen Stapel an der anderen Seite des Rasens.

Ich holte mir einen Stuhl, klappte ihn auf und setzte mich ihnen gegenüber. Whippet sah mir beim Aufklappen interessiert zu.

»Komplizierte Dinger«, stellte er fest.

Ich wartete darauf, daß er weitersprechen würde, aber es schien ihm völlig zu genügen, sich im Liegestuhl von der Sonne bescheinen zu lassen, mit Janet, wunderschön in einem weißen Faltenkleid, an seiner Seite.

Ich machte kühn den Anfang. »Man hat ihn gefunden – im Fluß.«

Whippet nickte. »Ich hab's im Dorf gehört. Die Tragödie hat den ganzen Ort furchtbar durcheinandergebracht, findest du nicht? Eine ungewöhnliche Nervosität liegt in der Luft – ist dir das auch aufgefallen?«

Er machte mich wütend, und wieder spürte ich heftig den

Wunsch, ihn zu schlagen, wie bei unserer ersten Begegnung als Erwachsene.

»Du hast selbst eine ganze Menge zu erklären«, sagte ich und wünschte, Janet würde uns allein lassen.

Zu meiner Überraschung gab er mir eine vernünftige Antwort.

»Ich weiß«, sagte er. »Ich weiß. Darum habe ich dich gesucht. Da ist einmal Miss Rowlandson. Sie ist völlig aus dem Gleichgewicht gebracht. Sie ist jetzt zum Pfarrhaus gegangen. Ich wußte nicht, was ich ihr raten sollte.«

»Ins Pfarrhaus?« wiederholte ich. »Warum um alles in der Welt?« Janet, stellte ich fest, war ganz Ohr.

»Oh, Hilfe, denke ich«, sagte Whippet vage. »Im Zweifelsfall geht man in einem Dorf immer zum Pfarrer, oder nicht? Gute Werke und all das. O ja, da fällt mir etwas ein, was hältst du davon? Kam heute morgen. Als ich es sah, dachte ich sofort, ›das sollte Campion sehen, das wird Campion interessieren‹. Hast du auch einen bekommen?«

Während er sprach, zog er einen gefalteten Bogen Schreibpapier aus seiner Brieftasche und reichte ihn mir.

»Der gleiche Poststempel wie die anderen«, sagte er. »Komisch, nicht? Ich hatte keine Ahnung, daß irgend jemand wußte, daß ich im ›Feathers‹ wohne, außer dir ... und, na ja, ich meine, du hättest doch kaum die Zeit gehabt, nicht wahr, selbst wenn du ...«

Er verstummte, und ich las den dritten anonymen Brief. Dieser war sehr kurz, auf derselben Schreibmaschine geschrieben und mit der gleichen peinlichen Sorgfalt:

»Obwohl der Kürschner nahe ist, fühlt er sich in der Erde wohl.
Er wartet geduldig. Frieden und Hoffnung wärmen ihm das Herz.
Er faltet die Hände über dem Bauch.
Sein Glaube kann den Berg versetzen oder seinen kleinen Hügel.«

Und das war alles.

»Sagt dir das etwas?« erkundigte ich mich endlich.

»Nein«, sagte Whippet. »Nein.«

Ich las es noch einmal durch.

»Wer ist ›er‹?«, fragte ich.

Whippet blinzelte mich an. »Das kann man eigentlich nicht sagen, oder? Ich habe angenommen, der kleine Maulwurf, Mole. ›Sein kleiner Hügel‹, verstehst du.«

Janet lachte. »Ich nehme an, ihr beide wißt, worüber ihr sprecht?« sagte sie.

Whippet erhob sich. »Ich denke, ich sollte jetzt gehen, nachdem ich Campion gefunden und das alles aufgeklärt habe. Danke, daß Sie mir gestattet haben, mich Ihnen aufzudrängen, Miss Pursuivant. Sie waren sehr freundlich.«

Ich wartete, bis er sich verabschiedet hatte, und bestand dann darauf, ihn an die Pforte zu begleiten.

»Hör mal, Whippet«, sagte ich, sobald wir außer Hörweite waren, »du wirst eine einleuchtende Erklärung geben müssen. Was hast du überhaupt mit dieser Geschichte zu tun? Warum bist du hier?«

Er sah aus, als fühle er sich äußerst unbehaglich. »Es ist das Mädchen, Effie, Campion«, sagte er. »Sie ist eine starke Persönlichkeit. Ich habe sie auf Pigs Beerdigung kennengelernt, und sie hat mich sozusagen eingesammelt. Als sie wollte, daß ich sie gestern hierher fahre, habe ich es eben getan.«

Bei jedem anderen hätte ich die Geschichte für unwahrscheinlich gehalten, aber in Whippets Fall neigte ich dazu, sie zu akzeptieren.

»Gut, und was ist mit den Briefen?« bohrte ich weiter.

Er zuckte mit den Schultern. »Anonyme Briefe soll man doch zerreißen, oder?« sagte er. »Zerreißen oder sie als Memento behalten oder einrahmen. Alles andere, nur nicht ernst nehmen. Und doch, weißt du, wenn sie immer weiter eintreffen, kommt man irgendwann an einen Punkt, wo man sich fragt: ›Wer zum Teufel schreibt diese Dinger?‹ Es ist sehr beunruhigend, aber ich mag den kleinen Mole. Ich bin im ›Feathers‹, Campion. Ich gebe dir mein Wort, daß ich dort bleiben werde. Besuch mich, wenn du Zeit hast, und wir werden uns mit der Sache befassen. Auf Wiedersehen.«

Ich ließ ihn gehen. Wenn man mit ihm sprach, schien es unvorstellbar, daß er die Energie haben sollte, sich sehr tief in einen so beunruhigenden Fall wie unseren hineinziehen zu lassen.

Auf dem Rückweg zum Rosengarten dachte ich zum erstenmal ernsthaft über den Maulwurf nach. Vieles von dem, was Whippet über anonyme Briefe gesagt hatte, traf zu. Hayhoe war ein gebildeter Mann, und Bathwick auch, aber selbst dann – warum sollte einer von ihnen sowohl mir als auch Whippet solche Briefe schicken? Es schien unerklärlich.

Janet kam mir entgegen. Sie war in keiner guten Stimmung.

»Ich will mich nicht einmischen«, sagte sie und benutzte die Stimme und den Ausdruck, die das genaue Gegenteil bedeuten, »aber ich meine, du solltest ihr nicht erlauben, den armen Bathwick zu belästigen.«

»Wem?« sagte ich, vorübergehend unvorsichtig.

Janet brauste auf. »Oh, wie du mir auf die Nerven gehst«, sagte sie. »Du weißt ganz genau, wen ich meine... Das unglückliche dumme kleine Mädchen, Effie Rowlandson. Es ist schlimm genug, sie in unser Dorf zu bringen, auch ohne daß sie ihre Krallen in Leute schlägt, die nicht einmal für sich selbst sorgen können. Ich hasse es, so mit dir zu sprechen, Albert, aber ich finde es wirklich ziemlich abscheulich von dir.«

Ich würde mich nicht in eine Verteidigung von Effie Rowlandson hineinzerren lassen, aber ich war müde, und es paßte mir nicht, daß Bathwick mir als das Beispiel eines Unschuldslammes vorgehalten wurde.

»Mein liebes Mädchen«, sagte ich, »du hast gehört, daß

Bathwick letzte Nacht naß geworden ist. Er erzählte Leo eine lächerliche Geschichte, wie er auf dem Heimweg in einen Kanal gefallen sei. Er brauchte aber fast zwei Stunden, um rauszukommen und wieder an die Hauptstraße zu gelangen, und ich fürchte, er wird jetzt, da Harris' Leiche da aufgetaucht ist, wo sie... hm... aufgetaucht ist, eine Erklärung abgeben müssen.«

Ich sah sie nicht an, während ich sprach, und ihr kleiner Aufschrei veranlaßte mich, ihr ins Gesicht zu schauen. Ihre Wangen waren hochrot, ihre Augen weit geöffnet und erschrocken.

»Oh!« sagte sie. »Oh! Oh! Wie schrecklich!«

Und bevor ich sie zurückhalten konnte, war sie davongesaust und ins Haus geflohen. Ich lief natürlich hinter ihr her, aber sie hatte sich in ihrem Zimmer eingeschlossen, und ich mußte wieder einmal angestrengt nachdenken.

Ich ging in die Bibliothek, einen großen altmodischen Raum, den die Pursuivants kaum jemals benutzen. Es war kühl dort und roch angenehm nach Papier. Ich setzte mich in einen großen Ledersessel, um alles zu durchdenken, und ich fürchte, der Mangel an Schlaf in der letzten Nacht war zuviel für mich. Ich wachte auf und sah Janet vor mir stehen. Sie war blaß, aber entschlossen.

»Ich dachte, du seiest weggegangen«, sagte sie atemlos. »Es ist schon spät. Hör mal, Albert, ich muß dir etwas sagen. Ich kann nicht zusehen, wenn Bathwick in Schwierigkeiten gerät wegen einer Sache, die er nicht getan hat, und ich weiß, daß er lieber sterben würde, als es dir selbst zu sagen. Wenn du lachst, spreche ich nie wieder mit dir.«

Ich stand auf und schüttelte die Reste des Schlafes ab. Sie sah bezaubernd aus in ihrem weißen Kleid, die Augen trotzig.

»In meinem ganzen Leben war mir noch nie so wenig nach Lachen zumute«, sagte ich wahrheitsgemäß. »Was ist das für ein Gerede über Bathwick?«

Sie holte tief Luft. »Mr. Bathwick ist nicht in einen Kanal gefallen«, sagte sie. »Er ist in unseren Seerosenteich gefallen.«

»Wirklich? Woher weißt du das?«

»Ich habe ihn gestoßen«, sagte Janet kleinlaut.

Als ich sie bat weiterzusprechen, erklärte sie:

»Letzte Nacht, nachdem du Miss Rowlandson nach Hause brachtest, ging ich nicht sofort zu Bett. Ich ging hinaus auf den Balkon vor meinem Zimmer. Es war eine sehr helle Nacht, wie du weißt, und ich sah jemanden im Rosengarten auf und ab wandern. Ich dachte, es sei Daddy, der dort herumirrte und sich Sorgen wegen des Falls machte, und ich ging hinunter, um mit ihm zu sprechen. Als ich hinkam, war es Bathwick. Wir gingen zusammen durch den Garten, und als wir in der Nähe des Seerosenteichs waren ...«

Sie hielt inne.

»Bot er dir Herz und Hand in etwas zu direkter Weise an?« schlug ich vor.

Sie nickte dankbar. »Ich schob ihn von mir, und unglücklicherweise verlor er das Gleichgewicht und fiel in den Teich. Sobald er wieder sicher an Land war, ging ich ins Haus zurück. Es erschien mir so am nettesten. Ich muß das doch niemandem sonst erzählen?«

»Nein«, murmelte ich. »Nein, ich denke nicht.«

Sie lächelte mich an. »Eigentlich bist du ganz in Ordnung, Albert«, sagte sie.

Und da wurde ich natürlich ans Telephon gerufen. Es war Poppy. Sie hatte sich nie ganz an den Apparat gewöhnen können, und ich mußte den Hörer ein ganzes Stück von meinem Ohr weg halten, bevor ich sie verstehen konnte.

»Ich habe diese Nachforschungen angestellt«, brüllte sie. »Ich glaube nicht, daß der Pf. zurückgekommen ist, jedenfalls hat niemand ihn gesehen. Aber raten Sie mal, wen man gestern morgen im obersten Stockwerk herumstreichen gesehen hat? Mein Lieber, ich hätte es nicht von ihm gedacht. Er kam mir so *aufrichtig* vor. Wer? Oh, habe ich das nicht gesagt?

Nun, der Onkel natürlich, *Hayhoe*. Marschierte herum, als ob das Haus ihm gehöre. Das Mädchen, das ihn sah, dachte natürlich, daß ich ihm die Erlaubnis gegeben hätte. Man kann nie wissen, woran man ist mit den Leuten, nicht wahr?«

13

Vogelscheuche im Juni

Janet stand neben mir, als ich den Hörer auflegte. »Was ist?« fragte sie besorgt. »Das war Poppys Stimme, nicht? Oh, Albert, ich habe Angst. Es ist wieder etwas Schreckliches passiert.«

»Großer Gott, nein!« sagte ich mit einer Überzeugung, die ich nicht spürte. »Es gibt nichts, wovor man sich fürchten müßte. Zumindest glaube ich das nicht.«

Sie sah zu mir auf.

»Du glaubst doch jetzt, daß mit Bathwick alles stimmt, nicht wahr?«

»Aber ja«, versicherte ich ihr fröhlich. »Trotzdem gehe ich wohl lieber. Etwas ziemlich Wichtiges muß geregelt werden, und es muß rasch geregelt werden.«

Lugg brachte den Wagen, und wir fuhren hinunter zum Polizeirevier. Leo beriet sich immer noch mit Pussey, und es tat mir leid, ihn so abgespannt und sorgenvoll zu sehen. Die Sache machte ihn fertig. Tiefe Falten durchzogen sein Gesicht, und seine hellen Augen erschienen in ihrer Besorgnis dunkler als sonst. Ich trug mein Anliegen vor.

»Hei-ho verhaften?« sagte er. »Wirklich? Ich glaube nicht, daß wir ihn verhaften können, wissen Sie. Wir können ihn ins Revier holen und ihn verhören – wollte ich ja von Anfang an –, aber wir können ihn nicht festhalten. Es gibt nicht ein Jota von Beweisen gegen den Burschen.«

Ich wollte ihn nicht gern verärgern, aber ich war sehr beunruhigt.

»Sie müssen ihn festhalten, Sir«, sagte ich. »Darum geht es gerade. Kassieren Sie ihn wegen etwas anderem.«

Leo war entsetzt. »Eine Beschuldigung erfinden?« sagte er. »Ungeheuerlich!«

Es war nicht genug Zeit für Erklärungen, und ich hatte ohnehin keine Beweise.

»Halten Sie ihn wenigstens vierundzwanzig Stunden hier fest«, bat ich.

Leo runzelte die Stirn. »Was haben Sie im Sinn, mein Junge?« fragte er. »Hört sich besorgt an. Liegt was in der Luft?«

»Ich weiß es nicht«, sagte ich und versuchte, meine Nervosität nicht zu zeigen. »Bringen wir ihn auf alle Fälle mal her.«

Pussey und ich überließen es Leo, über die Frage einer Festnahme nachzusinnen, und fuhren in dem Lagonda zu Mrs. Thatchers Cottage. Vor dem Cottage lasen wir den jungen Birkin auf, der auf der gegenüberliegenden Straßenseite an einen Zaun gelehnt stand. Er war ein netter, schüchterner Junge in schäbigen Khakisachen, und er berichtete in weithin hörbarem Flüsterton.

»Er ist den ganzen Tag zu Hause gewesen«, sagte er. »Das ist sein Zimmer, da wo das Licht ist. Wenn Sie genau kucken, können Sie ihn sehn.«

Er zeigte auf einen verschwommenen Schatten auf den verblichenen Chintzvorhängen, und ich ahnte Böses. Birkin, das war mir klar, war noch für einige Zeit dazu bestimmt, seine Aufmerksamkeit auf Steuermarken für Hunde zu beschränken. Es waren natürlich ein Mantel und ein Kissen auf der Rücklehne eines Stuhls.

Pussey stand davor, nachdem wir das stickige kleine Dachzimmer betreten hatten, und seine Äußerungen waren zurückhaltend und fast würdevoll.

Dem unglückseligen Birkin machte es eher Spaß, hatte ich das Gefühl. Nach seiner Meinung war es ein bewundernswert schlauer Trick und etwas, was er seinen Kumpels im Dorf erzählen konnte.

Mrs. Thatcher, eine arme alte Frau, die ihr ganzes Leben zuviel gearbeitet hatte, als daß sie eine besondere Intelligenz hätte entwickeln können, war auf eigensinnige Weise verwirrt. Sie habe Johnny Birkin gesagt, daß ihr Untermieter in seinem Zimmer sei, und sie glaubte ehrlich, daß er das auch war. Er mußte auf Strümpfen heruntergekommen sein, meinte sie. Sonst erfuhren wir nichts, was uns weiterhelfen konnte.

Ich bekam wieder eine Gänsehaut. »Wir müssen ihn finden«, sagte ich. »Verstehen Sie nicht, daß es äußerst wichtig ist?«

Pussey wurde sofort munter.

»Weit kann er nicht gekommen sein«, sagte er. »Hier ist nicht viel los. Irgend jemand hat ihn bestimmt gesehen.«

Nach Birkins Aussage waren die Vorhänge kurz nach Einbruch der Dunkelheit vorgezogen worden, und seitdem hatte er friedlich dagesessen und das Licht im Auge behalten. Das bedeutete etwa eine Stunde Vorsprung für Hayhoe, und meine Stimmung hob sich etwas.

Um Pussey Gerechtigkeit widerfahren zu lassen – er mobilisierte seine kleine Truppe schnell und effizient. Leo und ich aßen im ›Swan‹, während sie an die Arbeit gingen. Es gab nicht viele Möglichkeiten, Kepesake zu verlassen, und da Mr. Hayhoe kein Auto besaß, konnte man damit rechnen, daß wir innerhalb der nächsten ein oder zwei Stunden von ihm hören würden.

Ich gebe zu, daß ich nervös war. Ich kam mir hilflos vor. Ich selbst war bei der Suche praktisch nutzlos. Ich war hier verhältnismäßig fremd und flößte den mißtrauischen Bewohnern von Ost-England kein großes Vertrauen ein.

Wir fuhren hinunter zum ›Feathers‹, um mit Whippet zu sprechen, und fanden ihn in der Gesellschaft von Effie Rowlandson und Bathwick beim Abendessen. Leo war völlig verblüfft, und ich war auch überrascht – sie waren ein seltsames Trio.

Als wir sie befragten, wurde es offensichtlich, daß sie nichts von Hayhoe wußten, aber sie sahen so sehr wie Verschwörer aus, daß ich nichts dagegen gehabt hätte, zu bleiben und mich mit ihnen zu unterhalten, wenn ich nicht so voller Furcht gewesen wäre.

Etwa gegen elf hielten Leo, Pussey und ich eine Beratung ab. Wir saßen in dem stickigen kleinen Vernehmungszimmer im Polizeirevier, und Pussey rollte den Fall vor uns auf.

»Er ist nicht mit dem Bus gefahren, und er hat kein Auto gemietet, und wenn er zu Fuß eine der Hauptstraßen benutzt hat, ist er wesentlich schneller als jedes normale Tier.« Er hielt inne und musterte uns.

»Kommt mir unnatürlich vor, daß er den ganzen Tag nicht gesehen worden ist«, sagte er. »Ist ja auch nicht so, als ob ein fremdes Auto im Dorf gesehen worden ist. Wir liegen hier nicht an der Straße nach irgendwo. Es war ein ruhiger Abend, alle saßen draußen vor ihren Türen. Ich kann das nicht verstehen, außer er ist über die Felder gelaufen.«

Ich dachte an die warme belaubte Dunkelheit um uns herum, an die hohen Wiesen und grasüberwachsenen Gräben, und ich hatte Angst.

Leo schien erleichtert zu sein. »Sieht so aus, als ob es ihn festnagelt, dieses Abhauen«, sagte er. »Merkwürdige Sache! Konnte den Burschen vom ersten Augenblick an nicht leiden. Muß gestern den ganzen Vormittag im Haus herumgeschlichen sein. Unglaublich.«

Ich wußte nicht, ob ich ihn von seinen Befürchtungen befreien oder sie vergrößern sollte, und schwieg. Pussey schien sich von der Stimmung seines Vorgesetzten anstecken zu lassen.

»Oh, wir werden ihn schon kriegen«, sagte er. »Wo wir jetzt wissen, nach wem wir suchen, lassen wir ihn uns nicht durch die Lappen gehen. Das ganze Dorf hält Ausschau nach ihm, und niemand von uns hier wird heut nacht schlafen. Gehen Sie nach Hause ins Bett, Sir. Sie können ihn uns überlassen.«

Es schien das Vernünftigste zu sein, aber ich konnte mich nur schwer dazu entschließen.

»Sie haben den Kamm des Hügels in Augenschein genommen?« fragte ich.

»Jeden Zoll, Sir. Da ist sein Teleskop da oben, aber nichts sonst. Außerdem könnte er da nicht hinkommen, ohne daß ihn jemand sieht. Er muß mitten durchs Dorf kommen, und alle halten Ausschau nach ihm. Nein, nein, auf dem Hügel da finden wir ihn nicht – wenn er kein Maulwurf ist.«

Ich zuckte zusammen, und vermutlich sah man mir etwas an, denn mit Rücksicht auf meine Herkunft aus der Stadt erklärte er:

»Diese Maulwürfe, die bewegen sich unter der Erde«, sagte er, und mir war plötzlich schlecht.

Bevor wir gingen, erwähnte er eine Angelegenheit, an die ich gar nicht mehr gedacht hatte.

»Diese junge Dame«, begann er, »wenn sie die Leiche identifizieren ...?«

»Morgen vormittag«, sagte ich hastig. »Morgen vormittag wird eine Menge zu tun sein.«

»Da haben Sie recht, Sir«, stimmte er zu. »Es wird 'ne Menge Arbeit geben, wenn wir ihn kriegen.«

»Wenn wir ihn nicht kriegen, wird's noch mehr sein«, sagte ich und machte mich mit Leo auf den Heimweg.

Ich war im Begriff, zum erstenmal seit achtundvierzig Stunden ins Bett zu gehen, als Pepper mit einem Telephon erschien, das er neben meinem Bett einstöpselte.

»Doktor Kingston«, sagte er und fügte in einer Mischung aus Mitleid und Vorwurf hinzu: »Zu *dieser* Zeit, Sir ...«

Kingston war nicht nur wach, sondern aggressiv heiter und voller Eifer.

»Hoffentlich störe ich nicht«, sagte er. »Ich versuche schon den ganzen Abend, Sie anzurufen. Ich mußte gleich nach dem Abendessen einen Besuch im Dorf machen und stellte fest, daß der ganze Ort am Brodeln war. Wie ich hörte, sind Sie Ihrem Mann auf den Fersen. Ich kann wohl nichts tun?«

»Ich fürchte nein«, sagte ich und versuchte, höflich zu sein.

»Oh, ich verstehe.« Er hörte sich ehrlich enttäuscht an. »Ich muß mich entschuldigen für meine Neugier, aber Sie wissen ja, wie es ist. Ich habe eine Art natürliches Interesse. Sie werden mich doch wissen lassen, wenn etwas passiert oder wenn ich mich in irgendeiner Weise nützlich machen kann, nicht wahr?«

»Das werde ich«, sagte ich, aber er legte nicht auf.

»Sie hören sich müde an. Arbeiten Sie nicht zuviel. Oh, hören Sie, da wohnen ein paar komische Leute im ›Feathers‹. Fremde. Im Dorf weiß man nicht, ob es ein ganz normaler Fall von unsittlichem Lebenswandel ist, oder ob mehr dahintersteckt. Der Mann heißt Windhund oder so ähnlich. Soll ich die Leute mal überprüfen?«

Ich verfluchte sein langweiliges Leben.

»Es sind Spione von mir«, sagte ich.

»Was? Ich habe Sie nicht ganz verstanden...«

»Spione«, sagte ich. »Meine. Ich habe sie überall. Gute Nacht.«

Um sechs war ich wach. Lugg weckte mich protestierend.

»Immer gewissenhaft, was?« sagte er höhnisch. »'Ayhoe rennt vor einer Meute von Polizeispitzeln davon, die ihn wegen Mord in'n Knast bringen wolln, aber die kleine Verabredung mit Ihnen wird er nich verpassen – o liebe Zeit, nein! Ich glaub das nich.«

»Ich werde trotzdem gehen«, sagte ich. »Man kann nie wissen.«

Er stand deprimiert vor mir, in einem scheußlichen Bademantel.

»Wenn Sie wolln, komm ich mit«, bot er großzügig an. »Es gibt nichts, was mir besser gefällt als ein langer Spaziergang durch die ländliche Gegend, solange noch der Tau auf dem Gras is – kühlt meine Füße.«

Ich schickte ihn zurück ins Bett, zog mich an und verließ das Haus. Es war einer jener schönen klaren Morgen, die für den späteren Tag große Hitze versprechen. Der Himmel schimmerte wie Opal, und das Gras war weich und federnd unter den Füßen.

Ich ging über den Feldweg und weiter die Dorfstraße hinunter, wo mir der geniale Birkin über den Weg lief. Er berichtete mir, oder besser, teilte mir lächelnd mit, daß es nichts zu berichten gab.

»Wir werden ihn schon kriegen, wo's jetzt Tag is«, sagte er. »Und wenn er mit Armen und Beinen um sich schlägt.«

Ein Schauer lief mir den Rücken hinunter, obwohl der Morgen warm war.

»Hoffentlich«, sagte ich und ging weiter.

Der kleine tiefliegende Feldweg war menschenleer, und es war ein angenehmes Wetter zum Spazierengehen, aber meine Füße bewegten sich träge, und ich betrat die Wiese am Hügel mit bösen Vorahnungen.

Der Weg zum Kamm war länger als ich dachte, und als ich den Gipfel erreicht hatte, war ich vorübergehend erleichtert. Der Gipfel war nackt und bloß, und ich scheuchte lediglich ein Lerchenpaar auf, das sich im kurzen Gras ausruhte. Das alte Messingteleskop war noch immer auf dem Stativ befestigt. Tau lag auf den Linsen, und ich wischte sie mit meinem Taschentuch ab.

Von meinem Standpunkt hatte ich eine erstaunliche Sicht nach allen Seiten. Ich sah ›Halt Knights‹, das rosig rot und bezaubernd inmitten der grauen Salzmarsch lag, die Flußmündung, glitzernd im Licht der Morgensonne, und rundherum die taschentuchgroßen Felder und Wiesen, das Getreide hochstehend und grün, das Weideland von der Hitze leicht braun gefärbt. Es war eine liebliche Gegend. Hier und dort lagen verstreut kleine Bauernhöfe, und zwischen ihnen drehten und wanden sich die weißen Bänder der Straßen.

Ich stand dort lange Zeit und betrachtete die Landschaft. Es war alles so friedlich, so still und so reizvoll. Nichts war da, was nicht hingehörte, nichts Furchterregendes oder Auffälliges.

Und dann sah ich es. Etwa eine halbe Meile entfernt, inmitten eines Feldes von hüfthohem grünem Getreide, stand eine verfallene Vogelscheuche, eine groteske, unnatürliche Figur, aufgestellt, um die weniger schlauen Saatkrähen zu vertreiben.

Aber diese Puppe hatte etwas Besonderes an sich. Die Saatkrähen, weit entfernt davon, sich zu fürchten, stürzten sich in Schwärmen darauf.

Ich schaute durch das Teleskop und richtete mich gleich wieder auf. Mir war übel und schwindelig; meine schlimmsten Befürchtungen hatten sich verwirklicht. Mr. Hayhoe war gefunden.

14

Der Mann, den sie kannten

Er hatte eine Wunde am Hals, ein kräftiger tiefer Hieb über dem Schlüsselbein hatte die Jugularvene durchtrennt, und als wir ihn fanden, bot er keinen hübschen Anblick.

Pussey und Leo und ich standen um das schreckliche Ding, das man auf ein abgebrochenes Stück Lattenzaun gehievt hatte, und das grüne Kornfeld flüsterte rund um uns.

Nach den üblichen Maßnahmen brachte die Polizei Hayhoe auf einem Mistkarren hinunter in das kleine Leichenhaus hinter dem Revier, und eine weitere Tischplatte auf Böcken war dort aufgestellt worden, um ihn zu empfangen.

Leo sah blaß und erschüttert aus, und Pussey, dem sich beim ersten Anblick meines Fundes der Magen umgedreht hatte, bot einen gefleckten Abklatsch seines früheren engelhaften Aussehens.

Als wir allein im Leichenhaus standen, zwischen den beiden weiß bedeckten Gestalten, die den altehrwürdigen Frieden von Kepesake so heftig erschüttert hatten, wandte Leo sich zu mir.

»Ist es das, was Sie befürchtet haben?« fragte er anklagend.

Ich sah ihn hilflos an. »Es ging mir durch den Sinn, daß etwas Derartiges geschehen könnte. Er vermittelte den Eindruck, daß er eindeutige Informationen habe.«

Leo fuhr sich mit der Hand über das schüttere graue Haar. »Aber wer? Wer hat es getan, Campion?« brach es aus ihm heraus. »Sehen Sie nicht, mein Junge, daß etwas Schreckliches passiert? Es sind die *Fremden*, die umgebracht werden. Die Möglichkeiten reduzieren sich immer mehr auf unsere eigenen Leute. Großer Gott! Was sollen wir nur tun?«

»Es gibt nicht viel, worauf man sich stützen könnte«, sagte

ich. »Das Kornfeld grenzt an die Straße, so daß der Mörder ihn nicht weit zu tragen gehabt hätte, wenn er ihn überhaupt tragen mußte, denn natürlich besteht eine Chance, daß Hayhoe an Ort und Stelle getötet wurde. Es war viel Blut da.«

Leo wich meinen Blicken aus. »Ich weiß«, murmelte er. »Ich weiß. Aber was hatte der Bursche mitten in einem Kornfeld mit einem Mörder zu tun?«

»Ein sehr leises privates Gespräch führen«, sagte ich. »Ich würde gern eine fachmännische Meinung über diese Wunde hören.«

»Die werden Sie bekommen, mein Junge, die werden Sie bekommen. Die beste in der Welt. Professor Farringdon kommt heute vormittag, um sich die ... hm ... andere Leiche anzusehen. Dies ist fürchterlich, Campion – und es tut mir leid, daß ich gestern niemanden bekommen konnte, aber Farringdon war unerreichbar, und ich wollte nicht das Innenministerium hineinziehen, wenn es sich vermeiden ließ. Jetzt sieht es natürlich ganz anders aus. Beim Himmel, ich weiß nicht, was ich tun soll.«

Jeder hilfreiche Vorschlag, den ich hätte machen können, wurde durch die Rückkehr Pusseys im Keim erstickt, der Kingston mitgebracht hatte. Der Arzt war aufgeregt und schämte sich, es zu zeigen. Meine Meinung von ihm als Mediziner sank ein wenig, als ich sah, wie oberflächlich er Hayhoe untersuchte. Er war versessen darauf zu helfen, und doch wollte er sich nicht festlegen, indem er eine eindeutige Meinung äußerte.

»Ich kann nicht sagen, womit die Tat verübt wurde«, sagte er schließlich. »Etwas Schmales und Scharfes. Ein Dolch vielleicht. Eines dieser altmodischen Dinger – eine Trophäe.«

Ich warf Leo einen Blick zu, und aus dem Ausdruck seines Gesichtes schloß ich, daß er an die furchteinflößende Reihe von Eingeborenenwaffen an den Wänden im Billardzimmer von ›Halt Knights‹ dachte. Trotzdem konnte ich mir Poppy nicht mitten in der Nacht mit einem Dolch in der Hand in einem Kornfeld vorstellen; diese Idee schien mir weithergeholt und absurd.

Pussey fand Kingstons Mutmaßungen wohl unbefriedigend, und er schickte ihn am Ende fort, doch mit bemerkenswertem Takt.

»Es sieht so aus, als würden wir dies besser dem Professor überlassen«, murmelte er mir zu. »Großartiger gescheiter alter Mann, der Professor. Ich schätze, er wird in einer halben Stunde oder so hier sein. Ich weiß nicht, was er von uns denken wird – zwei statt einem«, fügte er unbefangen hinzu.

Leo wandte sich ab, die Hände tief in den Taschen, das Kinn auf die Brust gestützt. Wir folgten ihm in das Revier, und Pussey traf alle notwendigen Vorbereitungen für das Aufnehmen von Aussagen, ließ den Ort, wo die Leiche gefunden worden war, gründlich durchsuchen und die so wichtigen Erkundigungen über die Vergangenheit Mr. Hayhoes einziehen.

Die Routinearbeit schien Leo zu beruhigen.

»Vermutlich hätten wir ihn nicht von der Stelle bewegen dürfen, bis Farringdon eintrifft«, sagte er. »Aber es schien sinnlos, den Burschen auf einen Zaunpfahl aufgespießt da draußen in der Sonne zu lassen. Es war ungehörig. Hinter diesen Verbrechen steckt eine brutale Deutlichkeit, Campion. Beim Himmel, ich kann mir nicht vorstellen, wer sich so etwas ausgedacht hat – jedenfalls nicht unter meinen eigenen Freunden.«

»Oh, hier laufen immer noch Fremde rum«, sagte Pussey, offenbar in der Absicht, ihn zu trösten. »Wahrscheinlich hat *irgendwer* Blut an den Kleidern. Wir werden ihn schon finden, machen Sie sich da keine Sorgen, Sir.«

Leo wandte sich ab von ihm und trat ans Fenster.

»He!« sagte er plötzlich, »wer ist das?«

Ich schaute ihm über die Schulter und sah einen gepflegten, von einem Chauffeur gefahrenen Mercedes an der Pforte vorfahren. Ein hochgewachsener hagerer Mann mit grauem Gesicht stieg aus und kam zögernd an unsere Tür, und wir machten Bekanntschaft mit Mr. Robert Wellington Skinn, dem Juniorpartner der alten und angesehenen Anwaltsfirma, deren Namen Kingston mir gegeben hatte.

Er war eine steife, würdevolle Persönlichkeit, und er und Leo fanden sofort Gefallen aneinander, was ein glücklicher Umstand war, denn sonst wäre das folgende Gespräch sicher noch viel länger und verwirrender geworden. So kam Mr. Skinn zur Sache in einer Zeit, die, da bin ich sicher, für ihn absoluter Rekord war.

»Angesichts aller Umstände hielt ich es für besser, selbst herzukommen«, murmelte er. »Eine Angelegenheit dieser Art in Zusammenhang mit einem unserer Klienten ist, das kann ich Ihnen versichern, höchst ungewöhnlich. Ich erhielt Ihre Anfrage gestern, ich habe gestern abend die Zeitungen gelesen, und ich habe die beiden Namen sofort miteinander in Verbindung gebracht – Peters und Harris. Unter den Umständen dachte ich, ich komme besser selbst.«

Pussey und ich wechselten Blicke. Wir kamen allmählich voran.

»Die beiden Männer kannten sich also?« fragte ich.

Mr. Skinn sah mich zweifelnd an, als frage er sich, ob man mir trauen könne.

»Sie waren Brüder«, sagte er. »Mr. Harris änderte seinen Namen aus... hm ... zweifellos sehr guten persönlichen Gründen, und er gehört erst relativ kurze Zeit zu unseren Klienten. Schon längere Zeit unser Klient war sein älterer Bruder, Mr. Rowland Isidore Peters, der im letzten Januar in dieser Gegend starb.«

Nach einigen Verzögerungen folgte er Leo, um sich die Leiche zeigen zu lassen, und als er zurückkam, war er etwas grün im Gesicht. Außerdem war er nervös.

»Ich möchte mich nicht festlegen«, murmelte er. »Ich habe Mr. Peters einmal vor zwölf Jahren gesehen, und ich sah Mr.

Harris in diesem Frühjahr in London. Das waren die beiden einzigen Gelegenheiten, bei denen ich den beiden begegnet bin. Der... hm... Tote, den ich eben gesehen habe, sieht beiden ähnlich. Könnte ich wohl ein Glas Wasser bekommen?«

Pussey drängte ihn, sich genauer auszudrücken, und hätte ihn noch einmal ins Leichenhaus geführt, aber das lehnte Mr. Skinn ab.

»Ich sehe darin wirklich keinen Sinn«, sagte er. »Ich denke, Sie können davon ausgehen, daß nach meiner Meinung der Tote Mr. Harris ist. Es gibt schließlich keinen Grund zur Annahme, daß er es nicht sein sollte. Er nannte sich hier in der Gegend doch Harris, nicht wahr?«

Wir warteten, bis er sich beruhigte, und als er sich etwas gefaßt hatte, fragte ich ihn vorsichtig nach dem Vermögen des Toten.

»Das kann ich ohne Einsicht in meine Unterlagen wirklich nicht sagen«, protestierte er. »Ich weiß, daß Mr. Harris nach dem Testament seines Bruders eine beträchtliche Geldsumme erbte. Ich kann Ihnen die Zahlen heute abend nennen. Es gab Privateigentum und natürlich die Lebensversicherung, soweit ich mich erinnere. Es schien mir damals alles völlig in Ordnung zu sein.«

Pussey war erleichtert. »Jedenfalls haben wir die Frage der Identität geklärt, das ist schon etwas«, sagte er. »Da gibt's keinen Zweifel; wir können mit der Obduktion beginnen.«

Leo und ich begleiteten den Anwalt zurück zu seinem Wagen. Die Erfahrung hatte den bedauernswerten Mann mitgenommen, verständlicherweise, aber er war ein entgegenkommender Mensch, und bevor er wegfuhr, versprach er uns ausführliche Informationen über die beiden Vermögen.

»Da wäre noch eine Sache«, sagte ich, als er in den Wagen stieg. »Bei welchem Unternehmen war Mr. Peters versichert? Ist Ihnen das bekannt?«

Er schüttelte den Kopf. »Ich fürchte, auf Anhieb kann ich

Ihnen das nicht sagen. Ich glaube, es war die Mutual Ordered Life. Ich werde nachsehen.«

Sobald er abgefahren war, machte ich Leo einen Vorschlag, und als er einverstanden war, schickte ich Lugg und einen Polizisten mit dem Wagen los, um Miss Effie Rowlandson zu holen. Es dauerte eine Weile, und als sie endlich wieder auftauchten, brachten sie nicht nur das Mädchen mit, sondern auch Bathwick, was bemerkenswert war. Es gab eine beträchtliche Verzögerung an der Pforte, und ich ging hinaus. Der Vikar hatte seine unerwartete Freundlichkeit mir gegenüber vom Abend vorher überwunden, und ich spürte, daß seine ganze alte Feindseligkeit zurückgekehrt war.

»Ich tue nur, was mir aufgetragen wurde, Sir«, hörte ich den Polizisten protestieren, als ich näher kam. »Außerdem hat die junge Dame es vorgestern abend selber vorgeschlagen.«

Bathwick ignorierte ihn und wandte sich an mich.

»Dies ist ungeheuerlich«, sagte er. »Ein junges Mädchen wird einem abscheulichen Anblick ausgesetzt, nur um einige unfähige Polizisten zufriedenzustellen... Ich muß dagegen protestieren, ich muß wirklich protestieren!«

Effie lächelte ihn matt an. »Das ist wirklich sehr freundlich von Ihnen«, sagte sie, »aber ich habe mich dazu entschlossen, ehrlich. Warten Sie hier auf mich«, fügte sie hinzu.

Er ließ sich jedoch nicht besänftigen. Er protestierte so viel und so heftig, daß mein Interesse an ihm wieder erwachte, und ich fragte mich, was für eine vorstellbare Absicht er damit verfolgen konnte, ein solches Theater zu machen.

Am Ende ließen wir ihn im Wagen zurück, und ich brachte das Mädchen noch einmal in das kleine Leichenhaus. Ich fand Effie Rowlandson nie besonders attraktiv, aber bei dieser Gelegenheit bewunderte ich ihren Mut. Sie war nicht gefühllos, und der Schock muß beträchtlich gewesen sein, aber sie bewahrte einen kühlen Kopf und spielte ihre Rolle mit Würde.

»Ja«, sagte sie mit rauher Stimme, als ich das Laken wieder über die schlaffe Gestalt zog. »Ja, es ist Roly. Ich habe ihn nicht geliebt, aber es tut mir leid, daß er tot ist. Ich...«

Die Stimme versagte ihr, und sie begann zu weinen. Nach einem kurzen Augenblick jedoch hatte sie sich wieder unter Kontrolle, und als ich sie zu Pussey zurückführte, machte sie ihre Aussage.

»Ich habe ihn vor etwas über einem Jahr kennengelernt«, sagte sie. »Er hatte eine Wohnung in Knightsbridge, und er ging oft mit mir aus. Wir verlobten uns, oder so gut wie verlobten, und dann... oh, Mr. Campion, Sie kennen das übrige. Ich habe es Ihnen erzählt.«

Gemeinsam brachten wir ihre Geschichte zu Papier, dann brachte ich sie zurück zum Wagen. Bathwick war ausgestiegen und erwartete sie an der Pforte. Vermutlich sah er unseren Gesichtern an, daß sie Harris identifiziert hatte, denn er sprach nicht mit mir, sondern nahm ihren Arm und eilte mit ihr die Straße hinunter ins ›Feathers‹.

Lugg sah ihnen nach. »Komischer Kerl«, sagte er. »Und Sie, sind Sie weitergekommen?«

»In eine Sackgasse«, sagte ich wahrheitsgemäß und ging zu Pussey zurück.

Wir nahmen das Problem unter die Lupe, während wir auf Professor Farringdon warteten. Pussey faßte seine Folgerungen angemessen, wenn auch nicht übermäßig ordentlich zusammen.

»Da hat einer sich für jemand anders ausgegeben«, sagte er nachdenklich. »Hört sich wie die alte Geschichte an – der gute Bruder und der böse Bruder. Nennen wir sie der Einfachheit halber Peters und Harris. Peters hatte das Geld, und Harris gab sich gelegentlich für ihn aus; nun ja, das hat man schon vorher gemacht. Harris hat sich diesen kleinen Vogel unter dem Namen Peters geangelt, damit sie ihn für einen vermögenden Mann hielt, falls sie Erkundigungen einziehen sollte. Was den Anwalt betrifft, er war richtig durcheinander, armer Gentleman. Zweifellos sahen die beiden Brüder sich mächtig ähnlich, und natürlich sieht der arme Kerl da drinnen jetzt niemandem mehr gleich. Was meinen Sie, Sir?«

Ich zögerte. Nach fünfundzwanzig Jahren kann man einen Mann nie mit Sicherheit identifizieren, und Kingston hatte gesagt, daß sein Patient Harris ungewöhnlich ähnlich gesehen habe. Im ganzen neigte ich dazu, die Theorie des Inspektors zu unterstützen, mit einer Ausnahme. Als er Peters den »guten Bruder« und Harris den »bösen Bruder« nannte, fand ich, er hätte die Namen vertauschen sollen.

Ich sagte das zu Pussey, und er sah mich an. »Gut möglich«, sagte er, »aber das bringt uns kein Stück weiter, oder? Wer hat die Morde auf dem Gewissen? Das ist es, was ich gern wüßte.«

Wir standen einen Augenblick stumm da und sahen einander an, und die Ankunft des Professors überrumpelte uns. Er platzte geschäftig herein, ein lebhafter kleiner Schotte mit kurzem, büscheligem grauem Haar und den gescheitesten graublauen Augen, die ich je gesehen habe.

»Guten Morgen, Inspektor«, sagte er. »Sie haben eine bemerkenswerte Anzahl von Leichen, höre ich.«

Seine Heiterkeit brachte uns aus der Fassung, und wir begleiteten ihn schweigend zu dem Schuppen hinter dem Haus. Als er sich jedoch den Mann, der sich Harris genannt hatte, gründlich ansah, wechselte seine Stimmung, und er wandte sich mit einem sehr ernsten Gesicht an mich.

»Ich habe von Sirr Leo gehört, was Sie vermuten, und ich ziehe den Hut vorr Ihnen«, sagte er. »Es ist eine teuflische Sache – eine teuflische Sache.«

»Dann denken Sie ...?« begann ich.

Er brachte mich mit einer Handbewegung zum Schweigen.

»Ich würrde es nicht wagen, eine Meinung zu äußern, bevor eine sehr grründliche Obduktion vorgenommen worrden ist«, sagte er, »aber ich wärre überhaupt nicht überrascht, wenn Sie rrecht hätten, überhaupt nicht.«

Ich ging zur anderen Seite des Zimmers, während er sehr beschäftigt war. Endlich richtete er sich auf.

»Lassen Sie ihn zu mir schicken«, sagte er, »und in einem oder zwei Tagen kann ich Ihnen Endgültiges sagen. Aber ich wage, eine Meinung zu äußern – eine sehr vorrsichtige, Sie verstehen –, nämlich daß er schon einige Zeit tot war, bevorr er diesen Schlag da auf den Kopf bekam.«

Ich stellte ihm eine Frage, und er nickte.

»Aye«, sagte er, »es war Gift. Sollte mich nicht wundern, wenn es Chloralhydrat war. Das« – er zeigte auf die schreckliche Delle im Schädel – »das da sollte als Tarrnung dienen. Sie haben es mit einem cleveren Mann zu tun, Mr. Campion. Jetzt lassen Sie uns einen Blick auf den anderen arrmen Burrschen werrfen.«

15

Lugg kündigt

Zwei Tage ließen die Dinge auf sich warten; das heißt, zwei Tage lang wurden wir in Ruhe gelassen und nutzten die Zeit – Leo, um sich von dem Schlag zu erholen, und Pussey und ich, um an Informationen zusammenzukratzen, was wir konnten.

Das Dorf hüllte sich in unschuldiges Schweigen. Die Leute verschlossen ihre Türen und gingen früh schlafen, und Touristen, die kamen, um die Ecke im Kornfeld anzustarren, wo der unglückselige Hayhoe gefunden worden war, wurden von der empörten Landbevölkerung davongeschickt.

Janet entwickelte einen angespannten Gesichtsausdruck, Poppy zog sich in ihr Bett zurück, und sogar Whippet war besorgter, als ich für möglich gehalten hätte. Er tauchte zu ausgefallenen Tageszeiten auf, um mich zu besuchen, und saß dann da und sah mich stumm und fragend an, bis ich ihn zu Janet schickte, die so freundlich war, sich seine Gesellschaft gefallen zu lassen.

Kingston spielte sich natürlich sehr in den Vordergrund, und ich fand ihn sogar nützlich. Er war ein unverbesserlicher Schwätzer, und die Strafen für Verleumdung und üble Nachrede bargen keinen Schrecken für ihn.

Die erste konkrete Information kam von Mr. Skinn, dem Anwalt. Der Peters, der im Pflegeheim in Tethering gestorben war, war, so stellte sich heraus, kein armer Mann gewesen, und er hatte auch den Scharfblick besessen, sein Leben für zwanzigtausend Pfund bei der Mutual Ordered Life Endowment zu versichern. Es sei seine Absicht gewesen, so sagte Mr. Skinn, die Police für ein geplantes Geschäft zu beleihen. Wie es sich ergab, hatte Bruder Harris sich als der Gewinner erwiesen.

Was Harris betraf, fanden wir sehr wenig heraus. Er hatte unter dem Namen Peters eine Wohnung in Knightsbridge gemietet, war aber nie ein wohlhabender Mann gewesen. Unsere Schwierigkeiten wurden vergrößert durch das Durcheinander in der echten Identität der beiden Männer: wer war Harris, und wer war Peters?

Schließlich suchte ich Leo auf. Er saß in seinem Jagdzimmer und starrte düster auf seine großartige Sammlung von Jagdtrophäen; ein Stapel von Papieren lag unbeachtet auf dem Schreibtisch.

»Wir haben zehn Tage Zeit, mein lieber Junge«, sagte er endlich. »Die beiden gerichtlichen Voruntersuchungen sind vertagt worden, um uns eine Atempause zu geben, verstehen Sie, aber das bedeutet, daß wir Resultate vorzeigen müssen. Es gibt schon eine Menge Gerede. Man ist hier in der Gegend der Meinung, mein Junge, daß ich gleich am Anfang Scotland Yard hätte einschalten sollen. Zuerst schien es so einfach, aber, beim Himmel, jetzt weiß ich nicht mehr, wohin das alles führen soll. Jeden Morgen beim Aufwachen frage ich mich, was der Tag bringen wird. Wir haben in unserem Dorf einen Mörder auf freiem Fuß. Wer weiß, wo er das nächste Mal zuschlagen wird.«

Er machte eine Pause, und als ich nichts sagte, sah er mich scharf an.

»Ich kenne Sie, seit Sie ein Kind waren«, sagte er, »und ich weiß, daß Sie etwas auf dem Herzen haben. Wenn Sie etwas wissen und auf Beweise warten, zögern Sie nicht, mir Ihre Verdächtigungen zu verraten. Ich glaube, ich könnte alles besser ertragen als diese Ungewißheit. Sehen Sie einen Sinn in diesem Puzzlespiel?«

Nachdem ich schon häufiger mit Leo zusammengearbeitet hatte, wußte ich, daß er einer der vertrauenswürdigsten Männer der Welt war, aber ich zögerte, mich in diesem Augenblick schon festzulegen. Es war zu gefährlich.

»Hören Sie, Leo«, sagte ich, »ich weiß, wie der erste Mord

begangen wurde, und ich glaube, ich weiß, wer ihn beging, aber zu diesem Zeitpunkt ist es völlig unmöglich, etwas zu beweisen, und ohne Beweise können wir nichts unternehmen. Geben Sie mir noch ein oder zwei Tage.«

Zuerst schien er ärgerlich zu sein, und ich befürchtete, er würde Gebrauch von seiner Amtsgewalt machen und eine vertrauliche Mitteilung erzwingen, aber dann beruhigte er sich, und ich trug meine nächste Bitte vor.

»Können Sie sich beim Innenministerium eine Genehmigung für die Exhumierung der Leiche von R. I. Peters verschaffen, der letzten Januar auf dem Friedhof von Tethering begraben wurde?«

Leo sah sehr ernst aus. »Ich könnte es versuchen«, sagte er schließlich. »Aber, mein lieber Junge, eine Identifizierung nach all dieser Zeit...« Er schnitt eine Grimasse und hob die Hände.

»Ich weiß nicht«, beharrte ich. »Es gibt gewisse Umstände, die in diesem Fall einen großen Unterschied machen.«

Er runzelte die Stirn. »Antimon im Körper?« fragte er.

»Nicht unbedingt«, sagte ich. »Es geht hauptsächlich um den Boden.« Am Ende setzte ich mich durch, und dann machte ich mich auf die Suche nach Kingston.

Er war zu Hause, wie ich über das Telephon in Erfahrung brachte, und Lugg und ich fuhren zu ihm. Er empfing uns mit unverhohlenem Entzücken in seinem ungemütlichen Sprechzimmer.

»Lieber Gott! Sie müssen einen freien Tag haben, wenn Sie herkommen und mich besuchen«, sagte er vorwurfsvoll. »Darf ich Ihnen etwas zu trinken anbieten?«

»Nein, im Augenblick nicht«, sagte ich. »Dies ist kein Höflichkeitsbesuch. Ich brauche ein wenig Hilfe.«

Sein rundes Gesicht wurde rot vor Freude.

»Wirklich?« sagte er. »Das ist sehr schmeichelhaft für mich. Ich hatte schon fast das Gefühl, ich sei dort unten im Weg, wissen Sie. Um die Wahrheit zu sagen, ich habe selbst ein wenig Detektiv gespielt. Das ist ein äußerst geheimnisvoller Bursche, der im ›Feathers‹ wohnt. Wissen Sie etwas über ihn?«

»Nicht viel«, sagte ich wahrheitsgemäß. »Ich kannte ihn vor langer Zeit – wir waren auf derselben Schule –, aber seitdem habe ich ihn kaum gesehen.«

»Ah...!« Er schüttelte geheimnisvoll den Kopf. »Mrs. Thatcher sagt, er habe in der ersten Hälfte der Woche Hayhoe gelegentlich aufgesucht. Wußten Sie das?«

Ich wußte es natürlich nicht, und ich bedankte mich bei ihm.

»Ich werde dem nachgehen«, sagte ich. »Aber hätten Sie vorher nicht Lust, mir Ihren Friedhof zu zeigen?«

Er war nur zu gern bereit, und wir verließen das große kasernenartige Haus, das dienstbotenlos und vernachlässigt wirkte. Er schien sich dieser Mängel bewußt und erklärte verlegen: »Wenn ich keine Patienten habe, behelfe ich mich mit einem Mann aus dem Dorf. Er ist ein tüchtiger Bursche, eine Art Mädchen für alles, der Sohn des Bauunternehmers hier aus dem Ort, für den er arbeitet, wenn er nicht gerade Küster spielt, oder Putzfrau für mich. Wenn ich einen Patienten habe, muß ich natürlich eine Krankenschwester und eine Haushälterin einstellen.«

Er drehte sich nach mir um und verzog das Gesicht.

»Es ist keine große Praxis«, sagte er, »sonst hätte ich vermutlich gar keine Zeit, alles so schrecklich langweilig zu finden.«

Als wir an dem fast neuen Lagonda vorbeikamen, betrachtete er ihn etwas wehmütig, und er tat mir leid. Es lag etwas beinahe Kindliches in seinem unausgesprochenen Neid. Er war ein Genie im Zeitverschwenden, und wir verbrachten einige Zeit vor dem Lagonda. Er bewunderte den Motor, die technischen Spielereien und die Glätte der Karosserie und eroberte damit Luggs Herz völlig.

Wir drei kamen so gut miteinander aus, daß ich, gerade in

der Stimmung, mich jemandem anzuvertrauen, das Risiko auf mich nahm und die Ehre, die ich Whippet zugedacht hatte, auf ihn übertrug. Wir sprachen über den Boden des Friedhofs. Er war interessiert und hilfsbereit.

»Ja«, sagte er, »er ist hart und trocken, oder er enthält irgendein Konservierungsmittel, vermute ich, weil ich mich erinnere, daß der alte Witton, der Totengräber, mich eines Morgens hinschleppte, um mir etwas ganz Ungewöhnliches zu zeigen. Er hatte ein drei Jahre altes Grab geöffnet, um einen Verwandten der toten Frau zu begraben, und aus irgendeinem Grund hatte der Deckel des Sargs sich verschoben, aber die Leiche befand sich in einem Zustand fast völliger Konservierung. Wie sind Sie darauf gekommen?«

»Der Kerbel«, sagte ich. »Man findet ihn häufig auf solchem Boden.«

Wir unterhielten uns noch eine Weile über den Boden, und plötzlich sah er, worauf meine Fragen hinausliefen.

»Eine Exhumierung?« sagte er. »Wirklich? Ich muß schon sagen! Das wird ja...«

Er unterbrach sich. Ich war sicher, daß er »lustig« hatte sagen wollen.

»...aufregend«, fügte er nach einer Pause hinzu. »Ich war noch nie bei einer Exhumierung dabei. So aufsehenerregende Dinge geschehen hier bei uns nicht.«

»Ich kann es nicht versprechen«, protestierte ich. »Es ist noch nichts geregelt, und halten Sie um Gottes willen den Mund. Klatsch ist das einzige, was zu diesem Zeitpunkt wirklich gefährlich ist.«

»Es handelt sich um eine Identifizierung, nehme ich an?« sagte er eifrig. »Ehrlich, Campion, Sie haben da eine sehr gute Chance. Was für ein Wunder, daß er sich gerade diesen Ort zum Sterben ausgesucht hat. Auf neunundneunzig von hundert Friedhöfen, wissen Sie...«

»Ja, aber schweigen Sie«, sagte ich. »Sprechen Sie um Gottes willen nicht darüber.«

»Werde ich nicht«, versprach er. »Mein lieber alter Junge, Sie können sich auf mich verlassen. Außerdem sehe ich keine Menschenseele, mit der ich sprechen könnte.«

Es gelang uns endlich, ihm zu entkommen, nachdem wir in Erfahrung gebracht hatten, was wir wissen wollten, und er sah uns nach, bis wir am Fuß des Hügels seinen Blicken entschwanden. Lugg seufzte.

»Einsames Leben«, stellte er fest. »Wenn einem so'n Typ über den Weg läuft, möchte man am liebsten 'ne Sauftour mit ihm machen, nich?«

»Möchte man?« sagte ich.

Er runzelte die Stirn. »Sie werden so eingebildet und sprich-mich-nich-an-ich-bin-klug, Sie gehn mir auf die Nerven«, beschwerte er sich. »Wenn ich Ihren Job hätte, würde ich meine Zeit nich mit Leichen verplempern. Ich würd so'n Burschen für 'ne Woche nach London einladen und ihm die Sehenswürdigkeiten zeigen.«

»Mein Gott«, sagte ich, »ich glaube, das würden Sie tatsächlich.«

Lugg beschloß, beleidigt zu sein, und wir fuhren schweigend nach Hause.

Am folgenden Tag, dem dritten Tag, seit Hayhoe gefunden worden war, fühlte ich mich nach dem Aufwachen gleichzeitig heiter und voller Vorahnungen. Ich hatte das Gefühl, daß die Dinge in Gang kommen würden, doch wenn ich gewußt hätte, in welche Richtung, hätte ich wahrscheinlich gar nicht gewagt weiterzumachen. Es begann mit Professor Farringdons Bericht. Farringdon kam ins Polizeirevier, während ich dort bei Pussey war, und trug seinen Bericht mündlich vor.

»Aye, es war Chloralhydrat«, sagte er, »wie ich Ihnen sagte. Es war sehrr schwierig zu entscheiden, wieviel davon der Mann vor seinem Tod eingenommen hatte. Darum kann man nicht sagen, verstehen Sie, ob er schon tot war, als dieser Stein auf seinen Kopf krrachte, oder ob er nurr unter dem Einfluß der Droge stand.«

Pussey und mir waren die besonderen Eigenschaften von Chloralhydrat bekannt; es ist bei Schwindlern als Droge sehr beliebt. Aber wir ließen uns alles noch einmal erklären.

»Es würde ihn sehr schläfrig machen, verstehen Sie. Darum ist es so teuflisch gut verwendbar. Wenn Sie einen Mann sähen, der eine kleine Dosis dieses Gifts eingenommen hat, würrden Sie einfach denken, er schlafe tief und fest.«

Pussey sah mich an. »Die ganze Zeit, wo er in dem Stuhl saß, wartete er nur darauf, daß das Ding auf ihn runterstürzte, schätze ich, hilflos und unfähig, sich zu bewegen. Oh, das ist eine schreckliche Geschichte, Mr. Campion.«

Der Professor ließ sich über das Schicksal von Mr. Hayhoe aus.

»Das war eine interressante Wunde«, sagte er. »Bemerkenswerter Zufall, oder ihm von jemandem zugefügt, der wußte, was er tat. Es traf ihn genau über dem Schlüsselbein und ging dirrekt hinunter in den Hals. Er muß auf der Stelle tot gewesen sein.«

Dann beschrieb er das Messer, das benutzt worden sein mußte, und malte es uns sogar auf, zumindest die Klinge. Pussey wußte nicht, was er von all dem halten sollte, aber in meine Theorie paßte es durchaus.

Ich verließ die beiden und machte mich auf die Suche nach Whippet. Weder er noch Effie Rowlandson waren im ›Feathers‹, aber bald darauf kam er allein in seinem kleinen A.C. angefahren.

»Ich war auf Haussuche«, sagte er. »Da ist unten an der Straße eine kleine Villa, die mich interessiert. Sie steht leer. Ich mag leere Häuser. Du auch? Wo ich mich auch aufhalte, ich sehe mir leere Häuser an.«

Ich ließ ihn eine Weile weiterreden, und als ich dachte, er sei des Themas überdrüssig, stellte ich ihm meine Frage ganz plötzlich. Wenn ich erwartet hatte, ihn zu überraschen, wurde ich enttäuscht.

»Hayhoe?« sagte er. »O ja, o ja, Campion, ich habe mich

einige Male mit ihm unterhalten. Kein netter Mensch; er versuchte, mich anzupumpen.«

»Sehr wahrscheinlich«, sagte ich, »aber über was habt Ihr euch unterhalten?«

Whippet hob den Kopf, und ich schaute in seine vagen blaßgrauen Augen.

»Hauptsächlich Naturkunde, glaube ich«, sagte er. »Flora und Fauna, du weißt schon.«

In diesem Augenblick schob sich bei mir eine weitere große Ecke des Puzzlespiels an ihren Platz.

»Einige werden blind geboren«, sagte ich bitter. »Einige werden blind. Und einige werden in Blindheit gestoßen. Die Maulwürfe gehören zur ersten Kategorie, nicht wahr?«

Er sagte nichts, sondern blieb ganz still und schaute aus dem Fenster.

Ich fuhr zurück nach Highwaters, und dort erwartete mich etwas, was ich nicht vorausgesehen hatte und was ich mir nie verzeihen werde.

Lugg hatte mich verlassen.

Sein Koffer mit seinen wenigen Reiseutensilien war verschwunden, und auf meiner Kommode lag, mit einem Aschenbecher beschwert, eine steife neue Pfundnote.

16

Rotes Haar

Zuerst glaubte ich es nicht. Es war die eine Möglichkeit, die mir nie in den Sinn gekommen war, und für einen Moment war ich völlig aus dem Gleichgewicht geraten. Ich hörte mich selbst dumm daherreden wie eine hysterische Frau. Pepper tat, was er konnte, um mir zu helfen.

»Da war ein Anruf für Sie, Sir«, sagte er. »Ich habe mich nicht weiter darum gekümmert, aber soviel ich weiß, kam der Anruf aus London. Mr. Lugg nahm ihn entgegen, und kurz danach kam er mit einem Koffer in der Hand die Hintertreppe herunter. Er ging über den Feldweg ins Dorf hinunter.«

Und das war alles. Das war alles, was ich in Erfahrung bringen konnte. Die Telephonvermittlung konnte auch nicht helfen. Das Mädchen in der Vermittlung sei den ganzen Tag in Trab gehalten worden. Nein, sie habe nicht zugehört. Natürlich nicht! Sie höre nie zu.

Ich war außer mir. Die Zeitfrage spielte eine so ungeheuer große Rolle, und immer wieder hatte ich eine Variation des scheußlichen Bildes vor Augen, das ich durch das Messing-Teleskop gesehen hatte.

Es wurde sofort eine Suchaktion eingeleitet.

Leo war voller Verständnis, und Janet tat ihr Bestes, um mich zu besänftigen. Ich mußte ihnen alles erklären, daß die Pfundnote überhaupt nichts zu bedeuten hatte. Zweifellos gibt es Hausangestellte, die gehen, ohne vorher zu kündigen, und die statt einer Kündigung einen Wochenlohn zurücklassen, aber Lugg gehörte nicht zu ihnen. Außerdem hatte man ihn weder im Dorf noch an der Bushaltestelle gesehen. Er war auf ebenso geheimnisvolle Weise untergetaucht wie Hayhoe, war in die Felder marschiert und auf genau die gleiche Weise verschwunden.

Ich rief Kingston an. Er hörte meinem aufgeregten Bericht mit entwaffnendem Interesse zu.

»Hören Sie, Campion!« Seine Stimme klang jung aus dem Hörer. »Ich habe eine Idee. Ich weiß nicht, ob Sie sich daran erinnern, aber ich habe gestern etwas zu Ihnen gesagt. Sie hielten zu dem Zeitpunkt nicht viel davon – das sah ich Ihrem Gesicht an –, aber ich glaube, es könnte sich jetzt als nützlich erweisen. Ich bin gleich bei Ihnen.«

Und das war er auch. In weniger als zwanzig Minuten kam er im zweiten Gang die Auffahrt heraufgeächzt, mit rosig angehauchtem Gesicht und Augen, die vor Begeisterung brannten. Wenn es jemand anders als Lugg gewesen wäre, hätte ich ihm vergeben können.

Auf dem Rasen vor dem Haus hielten wir Rücksprache.

»Es ist dieser Whippet«, sagte er. »Ich habe ihn im Auge behalten. Ich weiß, wie Sie sich fühlen – alte Schulfreunde und all das –, aber Sie kennen ihn nicht wirklich, und es ist vieles passiert, nicht wahr? Es muß jemand dahinterstecken.«

»Ja, gut«, sagte ich ungeduldig, »weiter.«

Er war etwas erstaunt, mich so empfänglich zu finden, glaube ich, aber er beeilte sich bereitwillig, weiterzureden.

»Es gibt da ein Haus«, sagte er, »eine leere Villa am Ende einer halbfertigen Straße. Es war der Anfang eines Bauvorhabens, das gestoppt wurde, als der Gemeinderat herausfand, was da geschah. Whippet ist ein- oder zweimal dort gewesen. Ich möchte nichts Bestimmtes sagen, aber ist Ihnen noch nicht in den Sinn gekommen, daß dieser Hayhoe nicht auf dem offenen Feld getötet worden sein kann? Es ist ein einsam gelegenes kleines Haus. Genau der richtige Platz, wenn man Übles plant. Fahren wir hin.«

Was er sagte, hatte viel für sich, und ich wollte keine Zeit mit langem Hin- und Hergerede verschwenden. Ich ging auf sein Auto zu. Er sah etwas betreten aus.

»Ich glaube, wir nehmen lieber Ihren«, sagte er. »Meiner ist nicht mehr der Jüngste, wissen Sie, und macht gerade jetzt wieder seine üblichen Schwierigkeiten. Irgendwo läuft Öl aus und vermurkst die Zündung. Oder haben Sie Zeit, bis ich die Zündkerzen saubergemacht habe?«

Ich war nicht in der Stimmung zu warten und holte den Lagonda. Kingston setzte sich neben mich und würdigte die Bequemlichkeit des Wagens mit einem kleinen entzückten Seufzer.

»Den Hügel hinunter«, sagte er, »und dann die erste nach links.«

Wir verließen das Dorf und bogen in die lange einsame Straße ein, die sich durch Tethering windet und dann weiter nach Rushberry führt. Nach einer Weile bogen wir wieder ab. Etwa ein halbe Meile weiter stand ein kleines Bierlokal, das ›Dog and Fowl‹, schüchtern unter einer Gruppe von Ulmen. Als wir uns dem Pub näherten, berührte Kingston meinen Arm.

»Sie machen sich kaputt«, sagte er. »Sie haben kaum geschlafen, und jetzt noch der Schock – das macht Sie fertig. Besser, Sie halten hier und genehmigen sich erstmal einen.«

Ich verwünschte die Verzögerung, aber er bestand darauf, und wir gingen in das Lokal.

Es war ein wenig anziehendes kleines Pub, alt und unglaublich schmutzig. Die Bar war eine Anhäufung von billigen Werbegeschenken, und der einzige andere Gast war ein zahnloser alter Mann mit einem wallenden Kinnbart.

Kingston bestand auf Bier. Nichts bringe einen so gut wieder auf die Beine wie altes Bier, sagte er, und während die halb schwachsinnige Wirtin davonhumpelte, um unsere Krüge zu füllen, befragte Kingston den alten Mann wegen Lugg. Er machte es sehr gut, alles in allem, und sprach in der Mundart der Grafschaft. Doch der alte Mann konnte uns nicht helfen. Er sei kurzsichtig und schwerhörig, so sagte er, und kümmere sich ohnehin nicht viel um Fremde.

Als die beiden schmierigen Humpen vor uns geschoben worden waren, zeigte Kingston mir das Haus, das wir uns ansehen wollten. Es war durch das winzige Fenster des Barraums gerade eben zu erkennen. Ich sah das scheußlich neue rote Dach durch eine Menge Laubwerk hindurch in etwa einer halben Meile Entfernung.

»Ja, gut, machen wir uns auf den Weg«, sagte ich, denn ich hatte wenig Hoffnung, meinen unglückseligen alten Freund dort zu finden, und die Zeit wurde knapp.

Kingston zeigte sich einverstanden.

»In Ordnung«, sagte er. »Verzichten wir auf den nächsten.«

Er leerte seinen Humpen, und ich machte es ihm nach. Als ich mich vom Tresen abwandte, stolperte ich und erwischte versehentlich den Zinnkrug des alten Mannes mit dem Ellbogen. Der Inhalt ergoß sich über den ganzen Fußboden, und es gab eine weitere Verzögerung von einigen Minuten, während wir uns entschuldigten und ihm einen neuen Drink kauften.

Am Auto blieb ich einen Moment stehen und starrte hinunter auf das Lenkrad.

»Hören Sie, Kingston«, sagte ich, »halten Sie es wirklich für nötig, zu diesem Haus zu fahren?«

»Gewiß, alter Junge, gewiß.« Er bestand darauf. »Es ist merkwürdig, wissen Sie, ein Fremder, der sich bei einem leeren Haus herumtreibt.«

Ich stieg ein und fuhr an. Eine Viertelmeile weiter die Straße hinauf machte der Wagen einen heftigen Schlenker, und ich hielt an.

»Ich sage Ihnen etwas«, erklärte ich mit leicht belegter Stimme, »fahren Sie doch das Ding.«

Er schaute mich an, und ich sah überraschtes Interesse in seinem runden, erstaunlich jugendlichen Gesicht.

»Was ist mit Ihnen, alter Junge?« sagte er. »Müde?«

»Ja«, sagte ich. »Das Zeug muß unheimlich stark gewesen sein. Fahren Sie weiter, so schnell Sie können.«

Er stieg aus, und ich rutschte schwerfällig auf den Platz, den er verlassen hatte. Eine Minute später donnerten wir wieder die Straße entlang. Ich sackte nach vorn, den Kopf auf der Brust, die Augen halb geschlossen.

»Versteh ich nicht«, sagte ich mit undeutlicher Stimme. »Müssen den alten Lugg finden. Ich bin müde – schrecklich müde.«

Ich merkte, daß Kingston anhielt, und aus halbgeschlossenen Augen sah ich eine baufällige kleine Villa, deren weißer Putz von vielen Regenfällen streifig geworden war. Neben dem Haus stand eine Garage, zu der eine schlecht angelegte kleine Auffahrt führte.

Ich merkte noch, daß Kingston das Garagentor aufschloß, dann lag ich auf dem Boden des Wagens, mit geschlossenen Augen, und atmete in langen regelmäßigen Zügen.

Kingston setzte sich wieder hinter das Lenkrad, und wir fuhren im Schneckentempo in die enge Garage. Ich hörte, wie er anhielt, und dann hörte ich ihn lachen. Es war ein Geräusch, wie ich es noch nie von ihm gehört hatte.

»So, das wär's, mein cleverer Mr. Campion«, sagte er. »Schlafen Sie tief.«

Ich glaube, er muß irgendwelche Handschuhe angezogen haben, denn ich hörte, daß er das Lenkrad abwischte, und dann zerrte er mich hoch und preßte meine Hände gegen die glatte Oberfläche des Rades. Er redete ununterbrochen.

»Kohlenmonoxyd ist ein leichter Tod«, sagte er. »Darum entscheiden sich Selbstmörder so oft dafür. Es ist doch so einfach, nicht? Ich laß Sie einfach bei laufendem Motor im Wagen zurück und schließe das Garagentor hinter mir, und der neurotische Mr. Campion hat wieder einmal das Unerklärliche getan. Selbstmord eines berühmten Londoner Kriminologen.«

Er brauchte einige Zeit, um alles zu arrangieren, und dann, als die Vorbereitungen abgeschlossen waren, beugte er sich vor.

»Ich war zu clever für Sie«, sagte er, und seine Stimme klang ziemlich scheußlich. »Zu verdammt clever.«

»Überclever«, fügte ich hinzu und stürzte mich auf ihn.

Ich hatte das Bier unseres armen alten Freundes im ›Dog and Fowl‹ nicht umsonst umgekippt. Einem etwas Interessantes durch ein Fenster hindurch zu zeigen, während man ihm eine Prise Chloralhydrat in den Humpen schüttet, ist ein trauriger Versuch, alte Hasen zu fangen.

Ich erwischte ihn am Nacken, und eine Weile verklammerten wir uns ineinander. Was ich jedoch nicht richtig eingeschätzt hatte, war die Kraft des Burschen. Äußerlich wirkte er eher schlapp, aber als wir ins Handgemenge kamen, waren da Muskeln und Gewicht, das die Arbeit der Muskeln unterstützte. Außerdem war er völlig von Sinnen und kämpfte wie ein Teufel. Ich zweifelte nicht mehr an der Identität der Hand, die den Dolch so geschickt in Hayhoes Hals gestoßen hatte.

Ich wand mich aus dem Wagen heraus, aber Kingston war zwischen mir und dem Garagentor. Gegen das Licht sah ich seine breiten Schultern nach vorn gekrümmt. Er machte einen Satz auf mich zu, und wir fielen auf den Boden. Ich hatte einen flüchtigen Eindruck von seinen Augen, und wenn ich jemals einen ›Blutrausch‹ im Gesicht eines Mannes gesehen habe, dann war es in diesem Moment. Einmal entkam ich ihm fast und hatte schon beinahe das Tor erreicht, als mich etwas wie ein Schraubstock an der Kehle packte. Ich wurde in die Luft gehoben, und dann schlug mein Kopf auf den Betonboden. Es war ein Gefühl, als fahre man plötzlich sehr schnell in einem Fahrstuhl nach unten. Es ging immer weiter nach unten, und am Ende war Dunkelheit.

Unter Schmerzen kam ich wieder zu mir, in kleinen Rukken. Ich merkte, daß meine Arme sich langsam und rhythmisch auf und ab bewegten, ohne daß ich einen Einfluß darauf hatte, und dann begann ich zu keuchen, nach Atem zu ringen.

»Vorsicht... Vorsicht. Du machst das sehr gut. Rege dich nicht auf. Beruhige dich.«

Die Stimme kam zu mir wie ein Traum, und durch den Nebel sah ich einen lächerlich kleinen Jungen, der mit tintenverschmiertem Gesicht auf mein Bett im Krankenzimmer hinunterschaute. Dann verschwand der Junge, aber ich sah noch immer dasselbe Gesicht, wenn auch die Tinte fehlte. Es war Whippet. Er kniete neben mir auf dem Boden und beatmete mich künstlich.

Schlagartig fiel mir alles wieder ein.

»Lugg!« sagte ich. »Mein Gott, wir müssen Lugg finden!«

»Ich weiß.« Whippets Stimme klang fast intelligent. »Der Bursche ist ausgesprochen gefährlich, nicht? Ich habe Kingston entkommen lassen, bevor ich dich rauszog. Ich meine, ich wollte nicht zwei von euch auf dem Hals haben.«

Ich setzte mich auf. In meinem Kopf hämmerte es, und ich hatte nur einen klaren Gedanken.

»Komm«, sagte ich. »Wir müssen ihn finden, bevor es zu spät ist.«

Er nickte, und ich war plötzlich dankbar für das Verständnis, das aus seinem Gesicht sprach.

»Vor einem Augenblick kam ein Bursche auf seinem Fahrrad vorbei«, sagte er. »Ich erklärte ihm den Fall und schickte ihn ins Dorf hinunter. Er schickt den ganzen Haufen hinauf zum Pflegeheim. Ich hielt das für das Beste. Mein Auto steht hinter dem Haus auf der Wiese. Fahren wir direkt nach Tethering, ja?«

Ich kann mich an die Fahrt nach Tethering nicht erinnern. Mein Kopf fühlte sich an, als wolle er platzen, mein Mund war wie eine alte Rattenfalle, und ich konnte einen schrecklichen Alptraum nicht loswerden, in dem Lugg auf einen Vogelscheuchenpfahl gehievt war, der die Höhe der Nelson-Säule hatte.

An unsere Ankunft aber kann ich mich erinnern. Wir hielten vor dem Haupteingang von Kingstons kasernenartigem Haus, und als die Tür sich nicht öffnen ließ, stemmten wir die Schultern dagegen. Ich kann mich auch an das Gefühl einer überwältigenden Hochstimmung erinnern, als die Tür unseren vereinigten Kräften nachgab.

Eine Bewegung im ersten Stock ließ uns die Treppe hinaufjagen, und da auf dem Flur fünf Türen offen standen, konzentrierten wir uns auf die einzige, die geschlossen war. Sie war nicht abgeschlossen, aber jemand stemmte sich auf der anderen Seite dagegen. Wir hörten ihn knurren und keuchen, während wir mit der Tür kämpften.

Und dann gab sie plötzlich nach. Ich war so außer mir, daß ich hineingestürzt wäre und auf mich genommen hätte, was mich erwartete, aber Whippet behielt einen klaren Kopf. Er zog mich zurück, und wir warteten.

Durch die geöffnete Tür sah ich ein Bett, auf dem eine große vertraute Gestalt lag. Das Gesicht war unbedeckt, und soweit ich sehen konnte, war die Hautfarbe natürlich. Aber während ich auf die Gestalt starrte, sah ich etwas, was mir das Blut ins Gesicht schießen und meinen Körper erstarren ließ, als mir etwas klar wurde, was ich nicht einmal in meinen Träumen befürchtet hatte.

Der ergrauende schwärzliche Flaum, der Luggs kahle Stelle umgibt, war so rot, wie Henna Haar nur machen kann. Ich sah die Wahrheit; der Körper eines dicken Mannes ist dem eines anderen dicken Mannes sehr ähnlich, wenn erst die Gesichtszüge unkenntlich gemacht sind, und was die Zeit da tun kann, läßt sich auch mit anderen Mitteln erreichen. Kingston würde doch eine Leiche für seine »lustige« Exhumierung haben.

Ich ließ mich auf Hände und Knie nieder, duckte mich unter dem Schlag hinweg, den Kingston mir von seiner günstigen Position aus versetzen wollte, und erwischte ihn an den Knöcheln. Ich kniete auf seiner Brust, die Hände um seinen Hals, als ich den zweiten Wagen vorfahren und Leos Stimme auf der Treppe hörte.

17

Spätes Finale

Drei Polizisten waren nötig, um Kingston in den Wagen zu bringen, und als er vor Gericht kam, gab es im Gerichtssaal eine beispiellose Szene. Vor dem Geschworenengericht plädierte sein Verteidiger für Geistesgestörtheit, was nicht akzeptiert wurde, und ich denke mit Recht. Aber das war später.

Mein ganzes Interesse galt zu dem Zeitpunkt Lugg. Whippet und ich taten für ihn, was wir konnten, bis Pussey uns einen Arzt aus einem Dorf in der Nachbarschaft herbeigeschafft hatte, der ihn nach einem beängstigend harten Ringen durchbrachte. Es war natürlich wieder Chloralhydrat. Kingston war nicht so verrückt, daß er nicht mehr wußte, was er tat. Er wollte vermeiden, daß seine exhumierte Leiche irgendwelche Wunden aufwies. Was er als »abschließende Behandlung« vorgehabt hatte, kann ich nur vermuten, und selbst heute mag ich nicht daran denken.

Lugg erzählte uns seine Geschichte, sobald wir ihn wieder zu sich gebracht hatten. Sie war denkbar einfach. Kingston hatte lediglich in Highwaters angerufen, von Pepper erfahren, daß ich unten im Dorf sei, und hatte sich dann Lugg geben lassen. Ihm hatte er eine Botschaft übermittelt, die angeblich von mir kam. Danach hätte ich einen Auftrag in London für ihn, doch zuerst würde ich ihn gern am Friedhof von Tethering treffen, wo, so deutete Kingston an, ich etwas entdeckt habe. Lugg solle seine Tasche packen und sich über den Feldweg rasch zur Straße begeben, wo Kingston ihn im Wagen erwarte. Die Pfundnote sollte für Pepper zurückgelassen werden, für den Fall, daß ich nicht zurückkehren könne. Das war alles. Lugg fiel auf die Geschichte rein, Kingston holte ihn an der vereinbarten Stelle ab, und der Grund, warum man sie nicht gesehen hatte, war die Tatsache, daß der Wagen des Arztes so bekannt war, daß er niemandem auffiel.

Als sie in Tethering ankamen, bot Kingston ihm ein Bier an und forderte ihn auf, im Eßzimmer zu warten. Lugg trank das Bier und das darin enthaltene Chloral, und an alles weitere erinnerte er sich glücklicherweise nicht.

Kingston muß ihn allein nach oben geschleppt und gerade mit dem Haarfärben fertig geworden sein, als ich anrief.

Es war eine hübsche kleine Falle, und Luggs Kommentare dazu, als er die ganze Geschichte überdachte, sind zur Wiedergabe nicht geeignet.

»Sie ham's geschafft«, sagte er vorwurfsvoll. »Wie sollte ich wissen, daß Sie den Kerl hinters Licht führn wollten mit Ihr'm ›Kommen-Sie-und-halten-Sie-meine-Hand‹ alle fünf Minuten? Sie ham ihn vollgestopft mit der Exhumierung und wohl gedacht, er macht sich an Sie ran, was? Kein Gedanke an mich verschwendet. Wenn das nich wieder typisch für Sie is!«

Ich bat um Verzeihung. »Seien wir dankbar, daß Sie am Leben sind und die Geschichte erzählen können«, wagte ich hinzuzufügen.

Er sah mich finster an. »Das bin ich. Muß mir jetzt den Kopf rasieren. Was solln meine Freunde in London davon halten? Ferien aufm Land – o ja, schön wär's!«

Als wir bei diesem Punkt ankamen, hielt ich es für das beste, ihn schlafen zu lassen, denn es war noch viel zu tun.

Während der nächsten vierundzwanzig Stunden arbeiteten wir ununterbrochen, und am Ende war das Beweismaterial gegen Kingston lückenlos.

Am Abend des Tages, an dem die Exhumierung stattgefunden hatte, fuhren Leo und ich mit Janet hinunter nach ›Halt Knights‹. Leo kochte noch immer über die Ergebnisse jener auf grausame Weise lächerlichen Zeremonie, die das letzte Glied in unserer Beweiskette gebracht hatte.

»Ziegelsteine!« sagte er wutentbrannt. »Gelbe Ziegelsteine in eine Decke gewickelt und am Boden eines Sargs festgenagelt... Beim Himmel, Campion, der Bursche war nicht nur ein Mörder, sondern auch ein gottloser Erpresser. Selbst jetzt verstehe ich noch nicht, wie er es allein geschafft hat.«

»Er war nicht allein«, sagte ich milde. »Er hatte Peters, der ihm half, und den Burschen, der für ihn arbeitete, der Sohn des Bauunternehmers. In ländlichen Gegenden ist der Bauunternehmer gewöhnlich auch der Leichenbestatter, nicht wahr?«

»Royle!« Leo war aufgeregt. »Der junge Royle... Das erklärt den Schlüssel zum Leichenhaus. Glauben Sie, daß der Junge mitgemacht hat?«

»Kaum«, murmelte ich. »Ich denke mir, daß Kingston ihn nur benutzt hat. Der junge Royle sagt, sein Herr habe angeboten, die Leiche auszumessen, während er selbst eine Reparatur im Haus ausführte. Die Krankenschwester muß natürlich eine Komplizin gewesen sein, aber die werden wir nie finden. Sie und Kingston haben die Sterbeurkunde gemeinsam unterzeichnet.«

»Du bringst einen völlig durcheinander«, sagte Janet von hinten. »Wie viele Brüder gab es?«

»Keinen«, sagte ich, »wie der clevere junge Mann aus London argwöhnte, nachdem man ihn praktisch mit der Nase darauf gestoßen hatte, armer Kerl. Es gab nur den einen unnachahmlichen Pig.«

Janet wird mir sicher vergeben, wenn ich hier sage, daß sie nicht clever ist. Bei diesem Anlaß war sie ausgesprochen begriffsstutzig.

»Warum dann der ganze Umstand – vorzutäuschen, daß er im Januar gestorben sei?«

»Wegen der Versicherungssumme, mein Püppchen«, sagte ich bekümmert. »Zwanzigtausend Pfund... Er und Kingston planten einen Coup. Arrangiere dich mit deinem Arzt und laß die Mutual Ordered Life deine finanziellen Schwierigkeiten lösen. Kingston lernte Pig in London kennen, und sie brüteten den ganzen Schwindel gemeinsam aus. Pig erfand einen bösen Bruder und bereitete den Boden vor, indem er seine eigenen Anwälte hinters Licht führte – eine verstaubte alte Firma, angesehen genug, um die Versicherungsgesellschaft zu beeindrucken, und dem Untergang nahe genug, um Pig mit seinem zwielichtigen Tod davonkommen zu lassen.«

»Sauber«, sagte Janet unparteiisch und fügte, praktisch wie Frauen nun einmal sind, hinzu: »Warum hat es nicht funktioniert?«

»Wegen der fundamentalen Unredlichkeit Pigs. Er wollte nicht zahlen. Nachdem er das Geld eingesteckt hatte, wußte er, daß er Kingston in der Hand hatte, und außerdem war er inzwischen von der Idee besessen, diesen Ort auszubauen. Ich vermute, er hielt seinen Doktorfreund am Gängelband, versprach und versprach und lachte ihn dann aus. Was er nicht berücksichtigte, war die Sorte Mensch, mit der er zu tun hatte. Kingston ist eingebildet. Er verfügt über einen irgendwie blinden Mut, gleichzeitig fehlt ihm jedes Gefühl für Proportionen. Nur jemand mit dieser Mentalität konnte seinen Beitrag zum ursprünglichen Schwindel liefern. Daß Pig ihn betrog, verletzte seinen Stolz unsagbar, und dann stellte er natürlich auch fest, daß der Mann nicht vertrauenswürdig war.«

»Nicht vertrauenswürdig?« brummte Leo.

»Na ja, er begann, sich vollaufen zu lassen, oder?« sagte ich. »Versetzen Sie sich in Kingstons Lage. Er sah sich um seinen Anteil geprellt und gleichzeitig völlig einem Mann ausgeliefert, der Gefahr lief, größenwahnsinnig zu werden, zuviel zu trinken und alles auszuplaudern. Zugegeben, Pig konnte Kingston nicht verraten, ohne seine eigene Schuld aufzudekken, aber ein sehr betrunkener Mann könnte unvorsichtig sein. Dann war da noch Hayhoe. Der böse Onkel stellt fest, daß der böse Neffe in Saus und Braus lebt, und möchte auch seinen Teil. Er stellt sogar ein Teleskop auf einem Hügel in der Nähe auf, in der Hoffnung, die Entwicklung in Highwaters im Auge zu behalten. Das ist eine weitere Gefahr für Kingston. Ich glaube, das ganze raffinierte Vorgehen kam wie ein Blitz über ihn, und er handelte ganz spontan, angetrieben von Zorn, und von Furcht in Schwung gebracht.«

Leo gab ein ausdrucksvolles Grunzen von sich. »Schrecklicher Bursche«, sagte er. »Ich nehme an, daß Hei-ho ihn erpreßte, nachdem er die Wahrheit ahnte?«

»Onkel Hayhoe war darauf aus, sich sein Schweigen bezahlen zu lassen, gewiß«, sagte ich, »aber ich glaube, selbst er dachte nicht im entferntesten daran, daß Kingston Pig umgebracht hatte. Er wußte nur, daß an der ersten Beerdigung irgend etwas verdammt faul war. Er verabredete sich mit Kingston, um darüber zu sprechen, und sie wählten die leere Villa als Treffpunkt. Dort tötete Kingston ihn und brachte ihn später zu dem Kornfeld, wo wir ihn fanden. Er ließ das Messer in der Wunde, bis er ihn *in situ* gebracht hatte, sozusagen; so vermied er, daß viel Blut vergossen wurde.«

Janet überlief ein Schauder. »Er hat uns alle sehr geschickt getäuscht«, sagte sie. »Ich hätte nie geträumt...«

Leo hustete geräuschvoll. »Außerordentlich geschickt getäuscht«, wiederholte er. »Schien ein absolut anständiger Bursche.«

»Er war erstaunlich«, stimmte ich zu. »Mein Auftauchen beim Dinner an jenem Abend muß ihn ganz schön aufgerüttelt haben, da er mich bei der Beerdigung gesehen hatte, aber er kam sofort mit der Geschichte vom Bruder, und es klang sehr überzeugend. Sein einziger Fehler war, die Leiche zum Fluß zu bringen, als ich sagte, ich würde sie mir genauer ansehen. Er reagierte spontan; er sah seinen Weg vor sich und schlug ihn allemal direkt ein.«

Janet lehnte sich zurück. »Du hättest nicht in diese letzte Falle, die er dir gestellt hat, hineinmarschieren sollen«, sagte sie.

»Mein liebes Kind«, sagte ich, darauf bedacht, mich zu verteidigen, »wir brauchten Beweise für Mord oder versuchten Mord, denn was Beweise betraf, ist er mit seinen beiden ersten Versuchen ungeschoren davongekommen. Trotzdem hätte ich wohl nicht so tollkühn gehandelt, wenn es nicht um Lugg gegangen wäre.«

»Du hättest ziemlich grün ausgesehen, wenn Gilbert nicht gewesen wäre«, sagte sie.

Ich warf ihr einen scharfen Blick zu und sah, daß sie errötete.

»Whippet und ich haben kurz miteinander telephoniert, nachdem Kingston sich einverstanden erklärt hatte, mich in Highwaters abzuholen«, räumte ich ein. »Er hatte die leere Villa entdeckt und mich darauf hingewiesen. Wir nahmen an, wenn Kingston einen Anschlag auf mich plante, würde er mich dorthin fahren. Ohne Whippet wäre ich nicht so mutig gewesen. Mastermind liebt das Leben.«

Janet bekam Grübchen, und sie ist sehr hübsch, wenn ihre Wangen so rosa anlaufen.

»Dann weißt du Bescheid wegen Gilbert?« fragte sie.

Ich starrte sie an. »Wieviel weißt du?«

»Ein bißchen«, murmelte sie.

»Daß ich nicht lache!« sagte ich.

Leo war im Begriff, eine Erklärung zu verlangen, als wir beim ›Knights‹ vorfuhren. Poppy, Pussey und Whippet erwarteten uns in der Halle, und als wir alle saßen und die Eiswürfel in unseren hohen Gläsern klirrten, wandte Poppy sich plötzlich an mich.

»Ich bin sicher, Sie haben da einen Fehler gemacht, Albert«, sagte sie. »Ich möchte nicht unfreundlich sein, mein Lieber, und ich halte Sie wirklich für sehr gescheit. Aber wie konnte Doktor Kingston Harris getötet haben, oder Peters, wie Sie ihn nennen, wenn er in diesem Zimmer mit Leo Poker spielte, als die Schale auf Peters fiel? Sie sagten selbst, daß sie nicht versehentlich heruntergefallen sein könne.«

Die Zeit für meinen Salontrick war gekommen, und ich tat, was ich konnte, um ihn in der alten Tradition vorzuführen.

»Poppy«, sagte ich, »erinnern Sie sich, daß Kingston am

Morgen des Mordes kam, um nach Ihrem kleinen Dienstmädchen zu sehen? Sie selbst haben ihn hinaufbegleitet, nehme ich an, und Sie beide sahen sich die Kleine an? Im Wasserkrug neben dem Bett waren Eisstücke, nicht wahr?«

Sie überlegte. »Nein«, sagte sie. »Er kam runter, und ich gab ihm einen Drink mit Eis. Das war, nachdem ich ihm das Badezimmer gezeigt hatte, weil er sich die Hände waschen wollte. Ich kam hier runter, er folgte mir kurz darauf, und nachdem er seinen Drink getrunken hatte, ging er noch einmal zu Flossie hinauf, um ihr Tabletten zu bringen, die er vergessen hatte.

»Aha!« sagte ich bedeutsam. »Hat er lange gebraucht, bis er wieder zu Ihnen nach unten kam?«

Sie sah interessiert auf. »Stimmt, ja, ziemlich lange, wenn ich mich recht erinnere.«

Nachdem ich mein Kaninchen aufgespürt hatte, gewissermaßen, machte ich mich daran, es schwungvoll vorzuführen.

»Kingston sagte uns, daß er Harris, alias Pig, auf der Treppe getroffen habe, und daß Pig einen Kater hatte«, fing ich an. »Das erste stimmte nicht, das zweite stimmte. Pig hielt sich in seinem Zimmer auf, als Kingston zu ihm hineinschlüpfte, nachdem er Sie, Poppy, losgeworden war. Pig war angekleidet, aber er brauchte etwas, was ihn wieder auf die Beine brachte, und er vertraute Kingston; es kam ihm überhaupt nicht in den Sinn, daß er mit dem Mann zu weit gegangen war. Schließlich läuft man nicht herum und rechnet damit, daß man ermordet wird. Kingston hatte in seiner Arzttasche auch Chloral, das, vernünftig angewendet, ein anerkanntes Narkotikum ist. Er sah seine Gelegenheit gekommen. Er verabreichte Pig eine hübsche Dosis und schickte ihn zu den Liegestühlen auf dem Rasen. Dann folgte er ihm nach unten und sah durch die Fenster der Halle, wie Pig sich niederließ. Ich vermute, daß er ihn ursprünglich dort sterben lassen wollte, in der Annahme, daß der Untersuchungsrichter von einer Überdosis eines Rauschgiftsüchtigen ausgehen würde. Aber das war ein Risiko, und der Standort des Liegestuhls genau unter dem Fenster brachte ihn auf eine andere Idee. Sie werden festgestellt haben, daß in diesem Haus die Fenster eines jeden Stockwerks direkt über denen im Stockwerk darunter liegen, und keiner, der das Gebäude kennt, kann die Steinschalen übersehen haben. Ursprünglich sollten sie die Fenster im Dachgeschoß von außen kaschieren. Während er seinen Cocktail trank, hatte Kingston einen Geistesblitz. In seinem Glas waren zwei oder drei kompakte Eiswürfel, und zwei steckte er in die Tasche. Dann erzählte er Ihnen etwas von vergessenen Tabletten und ging noch einmal in den obersten Stock, der vormittags zu der Zeit völlig verlassen war. Dort stellte er fest, daß Pig, wie er vermutet hatte, genau unter der Schale saß, die vor dem Fenster des Abstellraums stand. Er wußte, daß Pig bereits bewußtlos war und es auch bleiben würde. Das übrige war einfach. Er hob die Schale aus dem Sockel und balancierte sie auf ihrem Dübel halb über den Rand der Brüstung. Dann rammte er sie mit den beiden Eisstücken fest und ging leise nach unten. Die Brüstung verläuft eben unter dem Fensterbrett, und so war die Chance ziemlich gering, daß jemand, der zufällig am Abstellraum vorbeikam, eine Veränderung der Stellung der Schale um etwa einen Zoll bemerken würde. Kingston brauchte jetzt nur noch zu warten.«

Poppy starrte mich aus blassem Gesicht an.

»Bis das Eis schmolz und die Schale hinunterstürzte?« sagte sie. »Wie ... wie entsetzlich.«

Pussey schüttelte den Kopf. »Mächtig gerissen«, sagte er. »Mächtig gerissen. Wenn ich fragen dürfte, Sir, wie sind Sie darauf gekommen?«

»Das Moos auf der Brüstung war naß, als ich es mir zum erstenmal ansah«, sagte ich. »Zuerst zog ich noch keine Schlüsse, aber als ich neulich hier einen Cocktail trank, sah ich das Eis, und plötzlich wurde mir klar, was geschehen war.«

»Großartig!« sagte Whippet ohne Ironie. »Ich war natürlich hinter demselben Burschen her, aber sein Alibi lenkte mich von der Spur ab.«

Leo starrte ihn an, als sei er sich seiner Existenz gerade erst bewußt geworden.

»Mr. ... hm ... Whippet«, sagte er. »Natürlich sehr erfreut, Sie hier zu haben, mein Junge. Aber was haben Sie mit dieser seltsamen Geschichte zu tun? Was machen Sie hier?«

Es entstand eine Pause, und alle sahen mich an, als sei ich verantwortlich für Whippet. Ich sah ihn an.

»Seine kleinen Hände sind wund, und seine Nase blutet«, sagte ich. »Dies ist Gilbert Whippet, Juniorpartner, Sohn Q. Gilbert Whippets, von der Mutual Ordered Life Endowment Gesellschaft, manchmal auch M.O.L.E. genannt. Es kam mir erst an jenem Tag im ›Feathers‹ in den Sinn, und dann hätte ich mich ohrfeigen können, daß ich es übersehen hatte. Du warst immer ein Faultier, Whippet.«

Er lächelte matt. »Ich ... hm ... ziehe Schreiben dem Handeln vor, weißt du«, sagte er zögernd. »Es tut mir leid, Campion, daß ich dich in all das hineingezogen habe, aber zuerst hatten wir nichts als einen unsicheren Verdacht. Ich konnte mich nicht gut direkt an dich wenden, weil ... nun ... hm ... nichts Direktes daran war, und darum ... hm ... habe ich geschrieben.«

Seine Stimme verlor sich.

»Lugg und ich wußten deinen Stil zu würdigen«, sagte ich.

Er nickte ernsthaft. »Es schien der beste Weg, dein Interesse zu erregen«, sagte er gelassen. »Jedesmal, wenn ich dachte, du könntest abspringen, schrieb ich einen neuen anonymen Brief.«

»Deine Leute haben Effie aufgetrieben und sie auf mich angesetzt, nehme ich an?« fragte ich kalt.

»Hm ... ja«, stimmte Whippet zu, ohne sich zu schämen.

Poppy sah sich in der Halle um. »Wo ist sie?« fragte sie.

Whippet strahlte. Es war das breiteste Lächeln, das ich ihn je habe lächeln sehen.

»Bei ... hm ... Bathwick«, murmelte er. »Sie sind in die Stadt gefahren, ins Kino. Sehr passend, fand ich. Ende gut, alles gut, und ... hm ... all das.«

Ich sah ihn erstaunt an. Ich hatte Respekt vor ihm.

Als Lugg und ich am nächsten Tag nach London zurückfuhren, stand Poppy, die zum Lunch nach Highwaters gekommen war, neben Leo auf dem Rasen und winkte uns nach. Der Himmel war blau und weiß getüpfelt, die Vögel sangen, und es roch nach Heu.

Janet, mit Whippet im Schlepptau, kam zu uns gelaufen, als wir gerade die Auffahrt verlassen wollten. Ihre Augen tanzten, und sie sah hinreißend aus.

»Gratuliere uns, Albert«, sagte sie. »Wir haben uns verlobt. Ist das nicht wunderbar?«

Ich gab bereitwillig meinen Segen. Whippet blinzelte mich an.

»Ich bin dir zu Dank verpflichtet, Campion«, sagte er.

Eine Weile fuhren wir schweigend dahin. Ich dachte nach, und Lugg, der kahl wie ein Ei war, schien deprimiert. Als wir zur Hauptstraße kamen, stupste er mich an.

»Was für 'ne Leistung!« sagte er.

»Wessen?« fragte ich, durchaus bereit, das alte Sprichwort ›Ehre, wem Ehre gebührt‹ zu würdigen.

Er grinste anzüglich. »Dieser Whippet-Typ. Kommt irgendwohin mit Miss Effie Rowlandson und marschiert ab mit Miss Janet Pursuivant ... Das muß einer erstmal nachmachen.«

»Lugg«, sagte ich traurig, »würden Sie gern zu Fuß nach Hause gehen?«

Margery Allingham im Diogenes Verlag

»Margery Allingham sticht ins Auge wie strahlend helles Licht. Alles, was sie schreibt, ist von vollendeter Form.« *Agatha Christie*

Die Handschuhe des Franzosen
Kriminalgeschichten. Aus dem Englischen von Peter Naujack. Zeichnungen von Georges Eckert. detebe 20929

Trau keiner Lady
Roman. Deutsch von Gerd van Bebber
detebe 21567

Gefährliches Landleben
Roman. Deutsch von Brigitte Mentz
detebe 21568

Süße Gefahr
Roman. Deutsch von Peter Fischer
detebe 21569

Judaslohn
Roman. Deutsch von Edith Walter
detebe 21570

Wenn Geister sterben
Roman. Deutsch von Brigitte Mentz
detebe 21616

Überstunden für den Totengräber
Roman. Deutsch von Theda Krohm-Linke
detebe 21630

Tänzer in Trauer
Roman. Deutsch von Irene Holicki
detebe 21691

Polizei am Grab
Roman. Deutsch von F.A. Hofschuster
detebe 21744

Blumen für den Richter
Roman. Deutsch von Marie Rieger
detebe 21821

Der Hüter des Kelchs
Roman. Deutsch von Edith Walter
detebe 21862

Der Geist der Gouvernante
Roman. Deutsch von Edith Walter
detebe 21900

Der Fall Pig
Roman. Deutsch von Karin Polz. detebe 21901

Ein böser Nachbar
Roman. Deutsch von Karin Polz. detebe 21962

Celia Fremlin im Diogenes Verlag

Die Stunden vor Morgengrauen

Roman. Aus dem Englischen von Isabella Nadolny
detebe 21515

Nacht um Nacht schreit das Baby, ohne ersichtlichen Grund. Schlaflose Nächte lang beobachtet Louise ihr Baby und hofft auf Ruhe – für sich, ihre Familie und die neue Untermieterin, Miss Brandon. Aber aus ihrem halbwachen Dämmerzustand gibt es kein Entrinnen, sie gleitet hinüber in einen langen, quälenden Alptraum.

»Celia Fremlin erzählt so spannend, daß man unter Garantie eine wohlige Gänsehaut bekommt.«
Freundin, München

Wer hat Angst vorm schwarzen Mann?

Roman. Deutsch von Otto Bayer
detebe 21302

»Kein Anblick konnte dieser Tage mehr Schrecken einflößen als der eines gutgekleideten Mannes mit Notizbuch in der Hand beim Betrachten eines Grundstücks.« So beginnt ein psychologisch ebenso hinterhältiger wie spannender Roman rund um eine ganz gewöhnliche Familie auf dem Land: eine mißtrauische, etwas schwerhörige Großmutter, ihre zu Höherem berufene Tochter Claudia und das Enkelkind Helen.

Klimax

oder Außerordentliches Beispiel von Mutterliebe
Roman. Deutsch von Dietrich Stössel. detebe 20916

Stellen Sie sich eine ganz normale Familie aus Ihrer Nachbarschaft vor: nette, ruhige Leute, der Mann in guter Position, manchmal etwas mürrisch, aber man weiß ja, was im Beruf verlangt wird, die Frau reizend, spontan, hilfsbereit, die ihre zwei Töchter geradezu vergöttert, vielleicht etwas übertrieben. Eines Tages verlobt sich die älteste mit einem tüchtigen Buchhalter – und langsam zieht ein ganz gewöhnliches Grauen ein...

»Der Engländerin Celia Fremlin könnte es gelingen, der verehrten Spannungsautorin Margaret Millar den Rang abzulaufen.« *Wochenpresse, Wien*

Onkel Paul

Roman. Deutsch von Isabella Nadolny
Leinen

»Mit *Onkel Paul* übertrifft Celia Fremlin sogar ihren ersten Roman *Die Stunden vor Morgengrauen.* Ihre unheimliche Fähigkeit, die Kleinigkeiten des häuslichen Einerleis, die Langeweile und Enge des Familienalltags mit Merkwürdigem, Makabrem und Katastrophalem zu verbinden, macht ihre Geschichten einmalig.« *Times Literary Supplement, London*

...diesmal die Katastrophe um die drei Schwestern Mildred, Meg und Isabel – und natürlich Onkel Paul.

Die Spinnen-Orchidee

Roman. Deutsch von Isabella Nadolny
detebe 21727

Etwas muß geschehen, wenn eine aufregende Affäre plötzlich zur häuslichen Zweierkiste wird... Mit Entsetzen stellt Adrian fest, daß es vorbei ist mit seiner kostbaren Privatsphäre, als seine ›Frau für schöne Stunden‹, Rita, plötzlich bei ihm einzieht. Mit ihr hält auch der Haß Einzug: Adrian beginnt Rita zu hassen, Rita haßt dafür Amelia, Adrians 14jährige Tochter, die seine ungeteilte Liebe genießt, und Amelia – liebt ihren Lehrer. Als Rita eines Tages das Tagebuch des Mädchens, voller erotischer Tagträumereien, findet, sieht sie ihre Chance. Denn etwas muß geschehen – etwas wie Mord zum Beispiel…

»Celia Fremlin säße schon längst im Gefängnis, würde sie nicht schreiben.« *Emma, Köln*

Rendezvous mit Gestern

Roman. Deutsch von Karin Polz
detebe 21603

Milly macht sauber bei Leuten in Seacliffe. Diskret und gründlich räumt sie täglich die Reste von Mrs. Days wilden Nächten auf, versorgt Mrs. Grahams Baby mit ungeliebten Vitaminen, verleiht dem Haushalt von Mrs. Lane einen Hauch vom ehemaligen großbürgerlichen Glanz. Allabendlich kehrt sie müde und allein in ihre billige Pension zurück. Bei ihr ist nur die Erinnerung an ein ganz anderes Leben, an die Hölle vor dem Tod, die Ehe hieß. Doch vor der Hölle flieht man nicht so leicht…

»Eine Psycho-Krimi-Gruselstory von einer Spezialistin für die Abgründe im ganz alltäglichen Hausfrauendasein.« *Frankfurter Rundschau*

Cornell Woolrich im Diogenes Verlag

Rendezvous in Schwarz

Roman. Aus dem Amerikanischen von Matthias Müller. Mit einem Nachwort von Wolfram Knorr. detebe 21874
Neuübersetzung

Jeden Abend um acht, am Platz vor dem Drugstore, treffen sie sich – Johnny und seine große Liebe Dorothy. Doch schon bald wird Schluß sein mit den allabendlichen Rendezvous, der Tag der Hochzeit naht – das große Rendezvous fürs Leben.
Doch dann geschieht etwas, was diese Idylle ein für allemal zerstört... Johnny, der freundliche, harmlose junge Mann, wird zum gnadenlosen Racheengel: er schwört bei seiner getöteten Liebe, daß diejenigen, die schuld sind an seinem Schmerz, genauso Schmerz erfahren sollen wie er...

»In Woolrichs Geschichten spielt die Liebe eine große Rolle, eine totale und ausschließliche Liebe, die, wenn sie zerstört ist, unersetzlich bleibt.« *François Truffaut*

Verfilmt mit Boris Karloff, Larraine Day und Franchot Tone in den Hauptrollen.

Der schwarze Vorhang

Roman. Aus dem Amerikanischen von Signe Rüttgers. detebe 21625
Neuübersetzung

Nach einem leichten Unfall im Vergnügungsviertel geht Frank Townsend nach Hause – um festzustellen, daß er seit Jahren nicht mehr dort gewesen war. An Gedächtnisschwund leidend, des Mordes angeklagt und Opfer mörderischer Verfolgungen, muß er die ›Strafe‹ überstehen, die die Zeit über ihn verhängt hat.

»Unmöglich, das Buch vor dem Ende aus der Hand zu legen.« *The New York Times*

Verfilmt von Jack Hively mit Burgess Meredith, Claire Trevor, Louise Platt und Sheldon Leonard in den Hauptrollen.

Der schwarze Engel

Roman. Aus dem Amerikanischen von Harald Beck und Claus Melchior. detebe 21626
Neuübersetzung

Ihr Mann nennt sie Engel, und als er wegen Mordes an seiner Geliebten verhaftet wird, wird sie es tatsächlich: ein schwarzer Todesengel. Um die Unschuld ihres Gefährten zu beweisen, steigt sie in die schwarze Welt der Spielhöllen, der Drogen und Prostituierten und bringt allen, die mit ihr in Berührung kommen, Unglück und Verderben.

»Woolrich gewinnt mehr Entsetzen, mehr Spannung und zitterndes Nägelkauen aus den allergewöhnlichsten Ereignissen als fast alle seiner Kollegen und Zeitgenossen.« *Ellery Queen*

Verfilmt von Roy William Neill mit Peter Lorre, June Vincent und Dan Duryea in den Hauptrollen.

Der schwarze Pfad

Roman. Aus dem Amerikanischen von Daisy Remus. detebe 21627

Scotty und Eve konnten zwar vor Eves verbrecherischem Ehemann flüchten, nicht aber vor seiner Rache. In einer überfüllten Bar in Havanna wird die schöne Frau ermordet, und Scotty sitzt in einer mörderischen Falle, bleibt allein zurück in einem fremden Land, das nichts von ihm will als den Beweis, daß er die Frau, die er liebte, nicht umgebracht hat.

»Ein satanisches, scharfsinniges Plot.«
The New York Times

Verfilmt von Arthur Pripley mit Michèle Morgan und Robert Cummings in den Hauptrollen.

Das Fenster zum Hof

und vier weitere Kriminalstories
Aus dem Amerikanischen von Jürgen Bauer
und Edith Nerke. detebe 21718
Neuübersetzung

»Rein technisch betrachtet sind viele von Woolrichs Werken schrecklich; man vermißt in ihnen jeglichen Sinn. Und genau das ist es: wie im Leben. Dennoch finden einige seiner Geschichten, gewöhnlich infolge merkwürdiger Zufälle, ein glückliches Ende. Aber da er niemals einen Serien-Helden eingeführt hat, weiß der Leser auch nie im voraus, ob die Woolrich-Geschichte, vor der er gerade sitzt, hell oder dunkel, ob sie *allègre* oder *noire* ist – einer von vielen Gründen dafür, daß seine Geschichten so packend und spannungsgeladen sind. Wie die fünf in diesem Band vereinten.« *Francis M. Nevins jr.*

Die Titelgeschichte wurde verfilmt von Alfred Hitchcock mit Grace Kelly und James Stewart in den Hauptrollen.

Walzer in die Dunkelheit

Roman. Aus dem Amerikanischen von
Jobst-Christian Rojahn. detebe 21719
Neuübersetzung

Die Geschichte beginnt – wie so viele von Woolrichs Geschichten – mit einem einsamen Mann. Louis Durand, 37 Jahre alt, wohlhabender Kaufmann, hat nur noch einen Gedanken: seiner Einsamkeit zu entfliehen. Die Frau, die er heiraten will, kennt er nur aus Briefen. Doch dann taucht sie persönlich auf, die namenlose *femme fatale*, die für Durand zum Schicksal wird…

Verfilmt von François Truffaut unter dem Titel *La Sirène du Mississippi;* in den Hauptrollen Jean-Paul Belmondo und Catherine Deneuve.

Die Nacht hat tausend Augen

Roman. Aus dem Amerikanischen von
Irene Holicki. detebe 21720
Neuübersetzung

Er war ein merkwürdiger alter Mann, der am liebsten schwieg, denn was er sagte, traf mit erschreckender Gewißheit ein. Harlan Reid, Witwer und erfolgreicher Geschäftsmann, war ganz versessen auf seine Worte, und auch seine einzige Tochter Jean hörte auf seine Ratschläge. Bis eine letzte entsetzliche Prophezeiung alle zu Tode erschreckte: Reids unmittelbar bevorstehenden Tod im Rachen eines Löwen.

»Lassen Sie das Licht an, falls Sie beabsichtigen, dieses Buch im Bett zu Ende zu lesen!« *The New York Times*

Verfilmt von John Farrow, mit Edward G. Robinson, Gail Russell und Virginia Bruce in den Hauptrollen.

Im Dunkel der Nacht

Kriminalstories. Aus dem Amerikanischen
von Signe Rüttgers. detebe 21759
Deutsche Erstausgabe

»Woolrich schreibt Psychotope, Etüden der Angst und der Einsamkeit, voll cooler Bildentwürfe und grandioser Stimmungsmalerei.« *Die Weltwoche, Zürich*

Titelgeschichte verfilmt mit Edward G. Robinson in der Hauptrolle.

Ich heiratete einen Toten

Roman. Aus dem Amerikanischen von
Matthias Müller. detebe 21742
Neuübersetzung

»Ein verschollener Klassiker des amerikanischen Kriminalromans kommt im Diogenes Verlag in neuen deutschen Übersetzungen ans Licht: Cornell Woolrich, der ›dritte Mann‹ neben *Dashiell Hammett* und *Raymond Chandler.*« *Der Spiegel, Hamburg*

Verfilmt mit Barbara Stanwyck in der Hauptrolle.

Die wilde Braut

Roman. Aus dem Amerikanischen von
Jürgen Bürger. detebe 21873
Deutsche Erstausgabe

Wer war sie, die dunkle, exotische Schönheit, die in einem Haus in Baltimore von der Schlafkrankheit geheilt und dann gefangen gehalten wurde, bis ein energischer junger Mann sie entführte und heiratete? Und was faszinierte sie so an dem einsamen, verschlafenen, brütend heißen und von Urwald umgebenen Kaff am Pazifik, in dem sie auf ihrer Schiffsreise nach Acapulco steckenblieben? Woolrich – wer zweifelt noch daran – lehrt einem ein Gruseln, das nicht von dieser Welt ist...

Cornell Woolrich, neben Hammett[1] und Chandler[2] einer der größten der ›Schwarzen Ära‹, wurde 1903 in New York geboren, wohin er nach einem Aufenthalt in Hollywood, einer kurzen Ehe und ein paar homosexuellen Episoden wieder zurückkehrte, um fortan mit seiner Mutter in billigen Hotels zu wohnen. Viele seiner Romane und Stories wurden verfilmt, u.a. von Alfred Hitchcock, Sidney Pollack, François Truffaut. Trotz dieser Erfolge starb er 1968 verbittert und einsam in einem heruntergekommenen New Yorker Hotel.

[1] *Dashiell Hammett*, sämtliche Werke in 10 Bänden. Vollständig und neu übersetzt von Hellmuth Karasek, Gunar Ortlepp, Walter E. Richartz, Harry Rowohlt, Wulf Teichmann, Hans Wollschläger u. a.

[2] *Raymond Chandler*, Werkausgabe in 13 Bänden. Vollständig und neu übersetzt von Hellmuth Karasek, Gunar Ortlepp, Walter E. Richartz, Wulf Teichmann, Urs Widmer und Hans Wollschläger.

Barbara Vine im Diogenes Verlag

Das Haus der Stufen

Roman. Aus dem Englischen von
Renate Orth-Guttmann. Leinen

Eine der großen Lügnerinnen der Welt nennt Elisabeth die junge Bell. Und trotzdem, oder vielleicht deswegen: noch nie zuvor war Elisabeth von einer Frau dermaßen fasziniert. Selbst als Bells kriminelle Vergangenheit offenkundig wird, kann sich Elisabeth nicht aus ihrer Liebe zu Bell lösen. Immer wieder findet sie Erklärungen und Entschuldigungen für das unglaubliche Verhalten dieser mysteriösen Frau.
Im ›Haus der Stufen‹ beginnt Eisabeths mütterliche Freundin Cosette ein neues, unangepaßteres Leben. Auch Bell kommt in das Haus, und schon tauchen seltsame Fragen auf: Was geschah mit Elisabeths Mutter? Warum war Bell im Gefängnis, und was ist ihr so sorgsam gehütetes Geheimnis? Und haben die ungewöhnliche Ähnlichkeit zwischen Bell und dem Bronzino-Portrait einen Zusammenhang mit der sterbenden Heldin in Henry James' ›Die Flügel der Taube‹?

»Barbara Vine alias Ruth Rendell ist in der englischsprachigen Welt längst zum Synonym für anspruchsvollste Kriminalliteratur geworden.« *ORF, Wien*

Es scheint die Sonne noch so schön

Roman. Aus dem Englischen von
Renate Orth-Guttmann. detebe 22417

Ein langer, heißer Sommer im Jahr 1976. Eine Gruppe junger Leute sammelt sich um Adam, der ein altes Haus geerbt hat. Sorglos leben sie in den Tag hinein, lieben, stehlen, existieren. Zehn Jahre später werden auf dem bizarren Tierfriedhof zwei Skelette gefunden – das einer jungen Frau und das eines Säuglings...

»Der Leser glaubt auf jeder zweiten Seite, den Schlüssel zur Lösung des scheinbar kriminellen Mysteriums in Händen zu halten, doch – der Schlüssel paßt nicht, sperrt nicht, klemmt... Keine Frage, dieser Roman ist ein geglückter Thriller, ein famos geglückter, wofür diese Autorin auch bürgt.« *Wiener Zeitung*

Die im Dunkeln sieht man doch

Roman. Aus dem Englischen von
Renate Orth-Guttmann. detebe 21826

Der Fall der Vera Hillyard, die kurz nach dem Krieg wegen Mordes zum Tod durch den Strang verurteilt und hingerichtet wurde, wird wieder aufgerollt. Briefe, Interviews, Erinnerungen, alte Photographien fügen sich zu einem Psychogramm, einer Familiensaga des Wahnsinns. Schicht um Schicht entblättert Barbara Vine die Scheinidylle eines englischen Dorfes, löst zähe Knoten familiärer Verflechtungen und entblößt schließlich ein Moralkorsett, dessen psychischer Druck nur noch mit Mord gesprengt werden konnte.

»Barbara Vine ist die beste Thriller-Autorin, die das an Krimi-Schriftstellern nicht eben arme England aufzuweisen hat. Ihr Buch ist ein Psycho-Thriller der Super-Klasse. Eine Reportage aus einer Zeit da die ›besseren Herren‹ bei Heirat noch eine Jungfrau erwarten durften – und die Frauen aus dem bürgerlichen Aufsteiger-Milieu eine Menge Tricks anwandten, um diesem Weltbild anscheinend zu entsprechen.«
Frankfurter Rundschau

»Es gibt Bücher, die man eher zufällig und ohne große Erwartungen in die Hand nimmt, um mal einen Blick hineinzuwerfen, und dann passiert es, daß man sich festliest und das Buch gar nicht mehr aus der Hand legen möchte. Barbara Vines Roman, raffiniert aufgebaut und meisterhaft erzählt, gehört für mich in diese Kategorie.« *Süddeutscher Rundfunk*